# 每天多愛地球一點點

## LOVE THE EARTH A LITTLE MORE EACH DAY

褚士瑩

# [發現01]
# 褚士瑩 V.S. 低碳生活部落客阿乾

享受地球給我們的愛！
讓地球感受我們的愛！

**阿乾**

**「01」每天早上起床，做的第一個環保動作是？**

沖馬桶。我會用前一晚淋浴時存在水桶的水，沖掉老婆半夜留在馬桶的液體。

沒辦法，她懷孕快四個月，半夜至少得跑一至二次廁所，不過因爲我們是回收洗澡水及洗衣廢水沖廁，所以清水用量沒有增加。

根據台灣省自來水事業處的資料，台灣家戶裏28%的清水，是拿來沖馬桶的。以台北市爲例，在國際水協的調查中，台北市人均用水量是352公升，28%拿來沖廁大約是99公升，沖馬桶的水，比馬拉威每天的人均用水量還多19公升。

**褚士瑩**

通常我們睡覺時會把窗簾拉上，免得太亮睡不著，於是鬧鐘響了以後的第一件事情，通常就是開燈，我第一件事卻是起床把窗簾拉開，讓自然光透入室內，這樣不但環保節能，既然已經下床了，就不會再度睡著。

說到馬桶，我實在很佩服在緬甸工作時家家戶戶使用的茅坑，都只需要一小勺的水，就可以把排泄物沖得很乾淨，住在都市的我們，所以除了我在〈尿尿救地球〉這篇文章裡面說的「巴西式」省水方法外，我覺得美國現在可以到五金行買材料回去，自己在家DIY改裝的省水馬桶，也很不錯（整套售價$195美金），原理跟日本的廁所，洗手的水龍頭設計在馬桶蓋上有點類似，但是更有效率，這樣阿乾就不用在家裡浴室放一個醜醜的水桶了！

## 「02.」如果要你設計節能減碳早餐，你的recipe會是？

**阿乾** ▸▸ 素食的早餐。吃早餐比較屬個人層次，不用管旁人（沒錯，就是我老婆）今天是不是想吃肉。所以三餐之中，早餐吃素算是最容易改變的低碳飲食習慣，只要簡單開口跟早餐車老闆說，「大腸麵線不要大腸。」

**褚士瑩** ▸▸ 早餐吃大腸麵線？這樣感覺好像很重口味……其實除了碳足印外，計算消耗水資源的「水足印（water footprint）」也越來越受到重視，荷蘭透過聯合國教科文組織還有一個叫做NOVIB的當地NGO做研究，統計出在荷蘭喝一杯小杯125ml的咖啡，就



要消耗140公升的清水，但是一杯茶卻「只要」消耗35公升，所以咖啡的碳足印比茶要多出足足四倍，如果喝咖啡跟喝茶對你沒差的話，那就喝茶吧！但是話又說回來，如果喝茶跟喝水對你都沒差的話，那就喝水，幫我分攤一些咖啡的水足印吧！

## 「03.」如果要你設計台北環保一日遊，你的行程會是？

**阿乾** ▸▸ 一早搭捷運到北投站，看看全台第一座的綠建築圖書館，再搭捷運到關渡站，租單車騎到淡水看紅樹林生態及品嚐在地小吃。下午搭捷運到民權東路站轉公車到新生公園，看看新生公園內爲花卉博覽會所新蓋的三間綠建築，再到東區品嚐低碳或有機餐廳，租騎微笑單車到信義計劃區看LED燈飾。

**褚士瑩** ▸▸ 我覺得台北的垃圾分類回收超厲害，上海世博會台北案例館，還有一天專門在館前舉辦「台北館垃圾分類體驗」活動，頗受好評，我看打鐵趁熱，乾脆就來個台北垃圾一日遊吧！最好是實際操作，到社區去幫助如何減少垃圾，動手垃圾分類（台北市分

得眞的很複雜！），垃圾運輸，「垃圾不落地」，「垃圾費隨袋徵收」，「垃圾零掩埋、資源全回收」，掩埋場的滲瀝液如何變成清水，廚餘如何變有機肥料，垃圾如何發電，垃圾產生的沼氣，還可以當燃料加熱溫水游泳池，提煉燃料，歪果仁應該都會嘆爲觀止吧！哇哈哈！

**「04.」覺得人類危害地球最偉大的發明是什麼？**

**阿乾** ▶▶ 核子武器。

**褚士瑩** ▶▶ 請問編輯……（怯生生舉手）……危害地球最偉大？我覺得危害最大的應該是……Hummer（悍馬車）改裝的加長型禮車吧？是哪個頭殼有問題的人發明的？

**「05.」覺得人類愛護地球最偉大的發明是什麼？**

**阿乾** ▶▶ 想不出來。

**褚士瑩** ▶▶ 嗯……歐巴馬？

**「06.」地球上哪個地方消失會讓你最感傷？（可不止舉一處）**

**阿乾** ▶▶ 吐瓦魯，但它應該是感傷的開始。

**褚士瑩** ▶▶ 極地的冰山，跟高山上原本是永凍的冰雪消失，大概是最讓我覺得遺憾的吧？相隔幾年到阿拉斯加去，看到冰河明顯地退縮，讓我覺得很感慨，也覺得這是個大自然給人類不容忽視的最後警訊，好像人類被地球記兩大過兩小過加兩支警告正在留校察看的感覺。

**「07.」地球上哪種動物消失會讓你最不捨？（可不止舉一種）**

**阿乾** ▶▶ 青蛙，我還挺喜歡聽蛙鳴，但兩棲類在氣候變遷下，族群已大量消失。

**褚士瑩** ▶▶ 應該是蜜蜂吧？因爲在人類現時利用的1300種植物中，佔七成要靠蜜蜂來授粉。工蜂一天能飛遍5000朵花，身上黏上花粉過萬粒，沒有蜜蜂，農作物就會大量失收，造成部份植物絕種，並且禍及相關食物鏈內的其他生物，引發連鎖效應，造成更多物種滅亡，最後整個大自然系統都會崩潰，人類屆時亦完蛋了！這一切一旦開始發生，人類就沒剩下幾年可以活了，所以我們應該好好正視蜜蜂快速消失的警訊啊！

## 「08.」為了環保，你做過最讓人傻眼的事情是？

**阿乾** ▸▸ 我個人覺得每件事都很合理，但看在旁人眼裏，舉辦綠色婚禮恐怕是一般人比較沒有辦法想像的。但其實眞的也沒什麼，不過就是廣發電子喜帖、用石頭紙印少量實體喜帖、婚宴上不開水晶燈、把飯店送的法國紅酒退掉改訂國產荔枝酒、菜單上沒有牛肉和魚翅、幫要坐飛機來的親戚買排碳權……

**褚士瑩** ▸▸ 美國有一家強調環保材質的製鞋公司，因爲找不到足夠的回收材質來做鞋子的膠底，所以只好製造全新的膠底，然後碾碎後，再重新製造，就變成名符其實的「再生材質」了，還大作廣告，眞的很不可思議啊！（怒）

咦？我的答案好像文不對題……

## 「09.」覺得環保做到什麼程度就是矯枉過正了？請舉例。

**阿乾** ▸▸ 公車完全不開冷氣。像台北市有些公車爲了省油，整輛車載滿人也不開冷氣，搞到每個人都汗流浹背，這可能反促使有些人不願再搭公車。當然，公車冷氣也不應太冷，像香港的公車就跟冰箱一樣，而是應該視公車上人數的多寡，適當地調整空調的大小。

**褚士瑩** ▸▸ 日本2008年的時候爆發一起再生紙的醜聞，供應日本國內六大報紙用紙的紙業公司，宣稱使用再生材質製紙的比例高達50%，結果調查發現，其實再生材質只佔紙漿的5-10%，製紙公司只好承認，因爲消費者想要再生紙，但是對紙質的要求卻是再生紙無法達到的，所以才會發生了明明是新紙，卻僞裝成再生紙的事件，從這個不幸的事件，還有假的環保鞋看來，我覺得環保要配合很好的消費者教育，不然假的環保產品就會越來越多啊！

## 「10.」披頭四的保羅．麥卡尼站起來疾呼週一無肉日，你的看法是？

**阿乾** ▸▸ 很好啊，少吃一塊肉，不會少塊肉。

**褚士瑩** ▸▸ 蠻不錯的啊！但是我覺得英國衛報在報導這個倡議時把麥卡尼的活動改稱爲「周一少肉日」，更人性一些，其實也不是所有的肉碳足印都一樣，如果消費者知道牛肉的碳足印是豬肉的三倍半，是雞肉的十倍，吃肉的時候，如果口腹之慾的滿足感沒有差別的話，盡量選擇碳足印比較低的肉類，也是很環保的啊！因爲世界上也有很多碳足印很高的素食，像珍貴的松露，或是空運低溫冷藏千里迢迢運載的有機蔬果，從環保的角度上來說，一點都沒有比肉類環保啊！

## 「11.」地球上哪個環保人是你最尊敬的？

**阿乾** ▸▸ Colin Beavan，寫《No Impact Man》的紐約客。眞的很厲害，但我如果學著跟他過一樣的生活，我老婆大概會選擇都住在娘家吧。

**褚士瑩** ▸▸ 台灣環境資訊協會的理事長陳瑞賓，我覺得他是個偉人啊！他帶著一群人總是努力在台灣做「對」的事情，我覺得大家有事沒事都要捐錢給環資會……歪果仁的話，我覺得BBC英國廣播公司的Sir David Frederick Attenborough很棒，他主持了超過半個世紀的自然史節目，讓這個世界的聲音，不管時代如何變化，永遠有一股對自然尊重喜愛的清流，珍惜環境，並且時時提醒人類跟自然的關係，這很重要啊！

## 「12.」台灣人最缺乏的環保觀念是什麼？

**阿乾** ▸▸ 地球村的觀念。很多台灣人只覺得顧好自己的荷包就好，沒有想到許多外部的污染成本，其實是賒帳給其他國家甚或是下一代子孫。有人說這是移民社會的必然，但我覺得是時候改變。

**褚士瑩** ▸▸ 我覺得一直以來台灣的水電都是採取補貼政策，雖然鼓勵的工業的發展，但是也造成一般人對於水電的眞正價格，沒有清楚的概念，以爲水電就是很便宜的東西，再怎麼省，也省不了多少，再怎麼浪費，好像水費電費也沒怎麼增多，以至於在推行節能減碳的時候，反而很難傳達眞正有效的訊息，台灣人要做好環保，下一步應該就是讓水電反映眞實的成本，許多環保的行爲，才能夠順利的推動。（這樣一說，可能會被很多人討厭吧？）

## 「13.」你認為哪個國家把環保做得最完備？

**阿乾** ▸▸ 其實沒有去過很多國家，有些在資料上看起來環保，但實際上去看好像又不是那麼回事。不過丹麥眞的是挺令人印象深刻，雖然他們主要的發電方式仍靠燃煤，但在風力及其他再生能源的發展非常積極。另外，丹麥首都哥本哈根立下通勤人口50%靠單車的目標，是全球其他城市，包括只有5%以下的台北所忘塵莫及的。

**褚士瑩** ▸▸ 其實台北的垃圾分類跟回收，已經是國際五星級的標準，能夠讓全民動員每天垃圾不落地，恐怕不是任何一個歐美國家可以做到的，這點台灣千萬要記得幫自己拍拍手！我搭貓空纜車的時候，看著腳底下的副熱帶低海拔原生森林，如此的美麗完整，很難想像自己還在台北市裡，這也是很驚人的，因爲國際上大部分像台北這樣規模的都市，都沒有辦法保存這麼完整的原始生態，希望有更多人能夠看到我們的努力！

## 「14.」可以說說你的隨身包包裡帶的環保物品有哪些嗎？

**阿乾** ▸▸ 環保筷、手帕。

**褚士瑩** ▸▸ 我包裡有一格，專門放沒有使用完的餐巾紙，無論是去餐廳還是買一杯茶飲，或是搭飛機，常常都會附有餐巾紙，但是不見得每一次都全部使用完，這些已經給了客人的餐巾紙，餐廳不可能也不應該回收給別的客人使用，最好的辦法就是帶走，需要的時候拿出來使用，這樣就可以減少沒有必要的浪費。

## 「15.」覺得自己是哪種類型的環保人？

**阿乾** ▸▸ 不斷嘗試新減碳方式的那種，且盡量不影響生活品質。

**褚士瑩** ▸▸ 我覺得自己是便利型的環保人，做爲一個普通的消費者，我相信任何最好的環保方式，除了環保教育外就是革命性的科技進步，在不影響生活享受跟便利的前提下，不斷有更節能，更新潮的發明，能夠不斷讓環保的效果注入日常消費行爲裡，應該是最能夠持久的，靠著罪惡感勉強改變生活方式，我覺得長期來說都很難維持下去。

**「16.」最近計畫要去做的愛地球工作是？**

**阿乾** ▸▸ 採訪國際水資源會議，並寫成報導放在部落格。

**褚士瑩** ▸▸ 繼續把更多的公益旅行者，帶到緬甸的有機農場去做公益旅行，透過雙手雙腳跟泥土，跟作物的接觸，傳達環保跟國際發展的感動，是我今年最想做好的事情。同時，也希望在非洲盧安達的生質能源農場，能夠繼續發展，幫助飛機燃油未來減少使用石油的比例。

**「17.」請試著描述自己從早到晚一整天的環保生活。**

**阿乾** ▸▸ 早上開瓦斯車送老婆上班，到辦公室不到二十八度不開冷氣，辦公室大燈到傍晚才開，不夠亮就開LED桌燈。從十樓走樓梯到地下一樓餐廳用餐，肉不吃太多、電腦與桌燈長時間離座就關閉，下班時把電熱水瓶關機，載同事一起下班，回家洗澡回收洗澡水沖馬桶，家裏電器不用時利用延長線把總電源關掉。最後，早一點上床睡覺。

**褚士瑩** ▸▸ 我好像很少兩天待在同一個地方，所以很難描述，但是所有生活的細節，我都會希望做對的事，可是我也很小心，不要把我對環保的執著，變成身邊人的負擔或罪惡感，變成一個「環保警察」，或是一個龜毛的處女座怪人，做我該做的，但是不要讓別人有壓力，甚至沒有感覺到在做環保，應該是最高境界吧！（笑）

**「18.」地球人對於2012年的憂慮，覺得過度悲觀還是有跡可尋？**

**阿乾** ▸▸ 2012年我比較不擔心，因爲學術界並沒有太多學者跳出來說，這一年就是世界末日。我比較擔心2042年，根據目前各國提出的減碳目標，到時全球的平均溫度恐已超過兩度。平均溫度上升超過兩度，全球可能會有哪些災難，相關研究可就讀不完了。2042年，我六十五歲，成爲老年人口之一，也是對極端氣候的適應最脆弱的族群。雖然罵人不得善終是句粗鄙的話，但我眞怕未來自己成爲千千萬萬氣候難民之一。

**褚士瑩** ▶▶ 就像物種的演化是來自於突變，世界末日也應該是一連串巧合的突發事件，比如2010年BP石油公司的海底油管在墨西哥灣爆炸，突然之間對地球造成的傷害，沒有好好處理，可能就是世界末日的開始，就像任何一個生物的生命，這個世界也可能瞬間提前結束，活著的時候要養生，但是養生並不能避免突然的災難，保證活到一百二十歲，但是不養生的話，就永遠不可能過著健康的長壽生活，所以我只能好好想該怎麼做對的事情，也希望大家都做對的事情，讓足以毀滅地球生命的意外，不要太快發生！

### 「19.」如果在有生之年目睹世界末日到來，在地球的最後一天，最想做什麼事？

**阿乾** ▶▶ 用英文跟我老婆說，我雖然學了一輩子的英文，但英文講不好這件事，身爲英文老師的她最好還是接受。也許再幫她沖一次馬桶吧。

**褚士瑩** ▶▶ 種下一顆種子，說不定在災難讓全地球的生命消失之後，強大的復原力讓這顆種子能夠發芽，一切重新開始。

### 「20.」多愛地球一點點，每個人每天都能做到的最簡單方法是？

**阿乾** ▶▶ 成爲一個有綠色意識的消費者，利用消費者的力量，改變商品的供應鍊，讓綠色商品成爲必要的產品標準，進而使全球經濟體轉向低碳經濟的發展模式。也就是說，當你發現這件商品不綠時，要多囉唆一下；進餐館發現他們不提供開水只賣瓶裝水、囉唆一下；到賣場發現沒有綠色商品專區、囉唆一下；電力公司每兩個月才算一次電費，讓你忘了這個月已進入夏日電價，打電話去囉唆一下。

這些抱怨，終將造成一股力量，讓廠商開始重視消費者的綠色需求，也能使綠色創意更加的發展。

Yes We Can！

**褚士瑩** ▶▶ 做好三件簡單的事：每天吃得素一點，用得少一點，想得深一點。一開始這樣就夠了。

享受地球給我們的愛，也讓地球感受到我們的愛，這是很公平的交易啊！

**關於張楊乾**

大家都叫他阿乾，六年級生，倫敦大學（UCL）地理研究所環境科學與社會（ESS）學程理學碩士，主修暖化與媒體。曾任報社記者、大學研究助理。

阿乾幾年前在看到我國友邦吐瓦魯被海水蓋過去的照片後，毅然決定飛到歐洲去學全球暖化。現任台達電子文教基金會氣候變遷專案經理，所主編的「低碳生活部落格」http://lowestc.blogspot.com，專門書寫節能減碳與全球暖化等議題。2008年部落格獲得華文部落格大賞公益類部落格首獎，2009年所撰《低碳生活的24堂課》獲中國時報開卷好書獎，2010年獲遠見雜誌頒發第一屆台灣環境英雄獎。

# 目次
# Contents

## 【發現01】：褚士瑩 V.S. 低碳生活部落客阿乾

### 壹：愛地球

## 貳：愛人生



## 參：愛無界

# 壹：愛地球

LOVE THE EARTH
A LITTLE MORE EACH DAY

# 十二件簡單的事

01

每天多愛地球一點點

小時候跟爸爸媽媽吵架，吵不贏的時候只好祭出秘密武器：「我們老師說的！」結果有沒有效，記不大清楚了，但是最近看到聯合國UNDP出面，設了一個簡單的網站，叫做十二件簡單的事——12 Simple Things（http://www.12simplethings.com），拍了一支電視廣告在CNN頻道播出（http://www.youtube.com/watch?v=oDhcW8bxbQI），告訴大家十二件可以隨手簡單做就能節能減碳的小撇步，雖然都是現在人早就應該知道的，但感覺上還是很有權威的樣子，如果下次看到有人不環保，就可以理直氣壯的說：「聯合國說的……」

偷偷檢查一下，看這十二件簡單的事情，自己是不是還有沒做到的！

## 1 關閉電源

在電燈、電視、錄像機、收音機、電腦等電器不被使用的時候，請關閉它們，因爲即使在待機狀態這些電器也會消耗10%～40%的電量；在充電器完成充電後，請隨手拔出電源插頭。

（褚士瑩說：現在甚至有一種夜燈新產品，專門使用插座，延長線裡剩餘的電力發光，眞的用到一滴不勝！）

## 2 精細用水

需要多少水，就往你的水壺裡裝多少。

（褚士瑩說：在健身房看到歐巴桑常常擠在飲水機旁邊，把整壺水倒掉重灌新的，因爲「水不夠冰」了，難道不會覺得這樣的人很討厭嗎？）

## 3 緊關冰箱

千萬不要忘記關上冰箱的門，隨開隨用。

（褚士瑩說：如果冰箱的橡皮鬆了冷氣會外漏的話，就算冰箱廠商已經倒閉或過了保證期限，街角水電行的阿伯就可以幫你換了喔！）

## 4 檢查輪胎

妥善地給輪胎充氣，會提升汽車的燃油效率。

（褚士瑩說：不覺得大家都只會說輪胎要充氣，但是沒人教你要到底充多少氣嗎？不同車款不同輪胎需要的胎壓不一樣，把前座的使用手冊找出來，查一下吧！另外，有賣汽車材料的地方，都會賣測壓器，小小的很好收納，很容易用，也不太貴，女生們別再找藉口了！）

## 5 少用塑料

購物的時候要用布質的袋子，盡量避免使用大量的塑料袋。

（褚士瑩說：贈品送的環保袋，一輩子都用不完了，拜託別再拿了！）

## 6 妙用扇子

夏季盡量穿涼快的衣服，多用扇子，取代空調。

## 7 減少駕車

每週工作的時候，減少路上的駕駛時間，善用網路，步行、自行車、坐公共汽車或幾個人共乘都是減少自己開車時間的好方法。

## 8 智慧駕駛

如果開車速度不超過90公里／小時，你將會少消耗25%的燃料。

## 9 混合動力

混合動力轎車、使用生物燃料的汽車，排放的二氧化碳量都遠低於常規轎車。

## 10 節能產品

使用小型LED燈泡代替你的白熾燈泡，小型LED燈泡的成本雖然貴了3到5倍，但是它在發光時只消耗三分之一的電量。另外，把你家裡冰箱等家用電器都換成節能型的省電燈泡。

## 11 挑選食物

選擇生產地離你家近的食物。

## 12 循環利用

節約利用資源並使用舊的產品。

都做到了嗎？那就可以繼續看下去了。

# 尿尿救雨林

## 02

每天多愛地球一點點

在這個強調節能減碳的社會，如何減少家用水的浪費，似乎成了許多家庭主婦除了早上八點下午四點接送小孩之外的全職工作，我就聽過有一個人說，她們家省水超誇張，過去這四年以來沖馬桶的水，一律是洗衣機用過的髒肥皂水，除非是客人，全家都不准按抽水馬桶，貫徹力行的結果，以至於現在半夜有時候做美夢，竟然會夢到按下抽水馬桶沖水，清水像漩渦般源源而下，感覺上超奢華！

如果覺得這一家人有點誇張的話，巴西一個叫做SOS Mata Atlântica環保團體，最近也公布了一個調查數字，說是如果全巴西每戶人家每天都在淋浴時小便一次的話，每年每戶就可以省下1,157加侖的自來水，或者是每人每年省下584加侖，每一加侖折合四公升，所以也就是每個人其實都可以輕輕鬆鬆就節省將近2,400公升的清水，每次我跟朋友說這件事情的時候，大家都會露出覺得我很噁心的表情，但是如果追問下去，其實每個人無論男女老少，

都曾經偷偷在洗澡的時候做過這件事，只是不願意承認而已，不信的話今天回家就請做一下消費者行爲調查，看我說的是眞是假。

好像這樣口說無憑，還不夠勁爆，SOS甚至還拍攝了一支廣告片來倡導這個想法，在好幾個當地的電視台播放，廣告片中用動畫的手法，讓觀眾看到從藝術家、籃球運動員，甚至外星人，大家都在淋浴間裡尿尿，最後是一個小朋友的旁白：「洗澡時尿尿，拯救亞特蘭大雨林！」沒錯，我也很想看看這支廣告的原版，如果有人在YouTube上面找到的話，別忘了公告一下。

洗澡時順便尿尿，雖然聽起來很讓人反胃（如果是泡澡的話，那可能眞的很噁心），但是讓我們摸摸良心吧，世界上有幾個人沒有在淋浴的時候偷偷順便小解的經驗？尿液本身是經過人體消毒後排放的，只要是身體健康的正常人，沒有什麼傳染病的話，尿液本身並無害，前幾年連喝尿的尿療法都流行到不行，在淋浴的時候小便，應該是很容易被接受的吧?而且或許還因爲這樣，過分壓抑的心靈意外得到抒發，從此邁向樂觀光明的人生道路也說不定……(抱歉，扯遠了!)

這個拯救雨林的巴西環境團體也計算出來，如果巴西每一個家庭每天都少按一次抽水馬桶，一年就可以省下4,380公升的自來水，他們的發言人Adriana Kfouri說，之所以會從馬桶下手，是希望用趣味的方式來帶出嚴肅的議題，用幽默的方式鼓勵大家少按幾次抽水馬桶，環保要從「小」做起，看來眞是一點都不假。

# 真正的壽司

## 03

每天多愛地球一點點

氣候變遷的議題似乎讓這個原本就已經充滿未知的世界，又多了一個未雨綢繆的理由。

聯合國的經濟學家開始擔憂，未來的幾十年，各國是否準備好接受從極度乾旱的非洲地區，數以百萬計大批湧入的難民。

以米其林餐廳爲生命重心的美食家，則開始憂慮，鮪魚再繼續減少下去，過不了一、二十年，可能就沒有道地的生魚壽司可吃了。

諷刺的是，傳統日本的生魚片，鮪魚是不登大雅之堂的，尤其是肥肥軟軟的鮪魚肚，更上不了桌，最受歡迎的其實是料理過的貝類、醃漬過的旗魚、柔軟的章魚，還有幾種白肉的魚類，但最受重視的，莫過於海膽，難怪在日本，即使到了今天，接受主人請客吃飯，如果宴席壽司中出現海膽，就表示被當成上賓款待，就算食桌上擺出比海膽更名貴的菜色，只要少了海膽，還是免不了有些遺憾，雖然海膽在日本以外，根本不值一文，許多西方人恐怕寧可餓死也不願意吞下一坨生海膽。

研究飲食傳統的歷史學家說，鮪魚飛上壽司檯變鳳凰，其實僅是近一百年的事情。二十世紀開始受西方飲食的影響，開始喜歡紅肉跟肥肉，才有師傅開始把鮪魚的紅肉嘗試做成壽司。

到了一九七〇年代，美國吹起東洋風，這些原本受到西方影響的鮪魚壽司，也跟著飄洋過海到了美國，壽司屋傳統一開始難以被躊躇的美國人接納，除了對魚腥味濃厚，從來沒被歸在食物類的海膽或海帶敬謝不敏，對於各式各樣有頭有尾，看得出「動物原形」的生猛海鮮（像小章魚、有頭有殼的蝦）也退避三舍，加上傳統日本壽司屋連菜單都沒有，完全看當日市場上哪些漁獲新鮮，無法控制預算，偏偏爲了面子又不願先跟師傅開誠布公討論這一餐的預算，所以只剩下鮪魚、鮭魚、煮熟的蝦，這些看起來比較「正常」，因爲供應量大，價格穩定的海鮮，就在傳統日本壽司師傅心灰意冷下，變成在日本以外最常見的生魚壽司材料，這些經過冷凍處理的鮪魚、鮭魚跟蝦子，都是可以冷凍好幾個月的食材，甚至加了化學藥物保鮮，讓魚肉保持鮮豔的紅色，退冰解凍以後食之無味，棄之可惜，但是因爲吃不到魚腥味，反而大受歡迎，所以當許多人擔憂鮪魚減產，未來沒有生魚片壽司吃的時候，我反而沒那麼在乎，並非不關心鮪魚的命運，而是因爲搞不好這是一個拯救鮪魚命運，同時趁機從菜單上永久地淘汰超難吃的冷凍鮪魚壽司的大好機會。

在美國待的時間長了，對於當地日本料理店難吃的生魚片壽司，可以說已經忍耐到了極點，有如保麗龍的脫水魚肉，放在根本不是壽司米的假醋飯上，蘸著粉末即溶沖泡的芥末醬，完全沒有用黃豆做出來的鹽巴黑色醬油，光是想像就已經連連作嘔，還不如乖乖的吃花壽司後來在西方變形創作而成的加州捲（California Rolls，裡面放熟的蟹肉棒跟炸蝦及小黃瓜，飯外面沾芝麻），或是龍捲（Dragon Rolls，新鮮酪梨加眞空包裝的熟鰻魚，還有煎蛋）之類的，當作愛心飯糰吃，可能還好一些。

食物的傳統原本就是可以創造的，訣竅無非是適時適地。韓國釜山的魚市場，路邊小販拿著臉盆賣的超長鐵砲壽司捲，就很在地。台灣夜市的日式料理攤，塞滿肉鬆美乃滋，外面還滾一層海苔粉的蝦蘆筍手卷，連配隔壁攤的蜂蜜苦瓜汁吃也很對味。

波士頓市區，我少數前往的壽司屋有一個特色，那就是他們的壽司完全用糙米，而不用白飯，我問日籍老闆原因，他說因爲美國廚師流動率大，不可能像在日本那樣師傅帶徒弟幾十年，所以靈機一動改用糙米捏握壽司，因爲黏度高較容易上手，新手做失敗率也很低，因此壽司吧後面清一色都是墨西哥籍的廚師，雖然吃起來一點也不像壽司，但正是因爲如此，我也就不會拿來跟日本壽司屋老店比較，還是覺得好吃，皆大歡喜。

在我心目中，壽司沒有什麼眞的假的，料理只有分好吃的，跟不好吃的。

海平面上漲一公尺，世界上就會增加至少四千萬個難民，但是如果減少或乾脆停止吃不愛吃又不好吃的鮪魚，全世界受到殘害的味蕾跟過漁（捕撈過度造成漁獲量下降）的鮪魚，都會得救，受益的對象遠遠超過四千萬。

因爲最好的永續發展，就是拋棄傳統的包袱，不斷適應現狀，創造出新的傳統，打著傳統的旗幟，死守著鮪魚鯨魚熊掌鹿茸象牙虎鞭的人類不會變成英雄，只會變成下一個貓熊北極熊恐龍長毛象孟加拉虎。

讓傳統轉一個彎，唯有如此，地球上瀕臨絕種的生物，也才能有喘息的機會。

# 改變世界的鞋子

04

每天多愛地球一點點



倫敦設計博物館（The London Design Museum）前一陣子選出了五十雙革命性的現代鞋子，並且出版了一本書，在倫敦設計節上發表，結果這五十雙之中，就有兩雙是梅麗莎（Melissa）的，其中一雙是跟時尚女王Vivienne Westwood合作的設計，另一雙則是名設計師Zaha Hadid，算是創了紀錄，因爲默默無聞的梅麗莎，並不是紐約時尚大道的產物，而是來自巴西，更特別的是，梅麗莎只出便宜的塑膠鞋，一般女人想到塑膠鞋，大概只會聯想到水泡，想到廁所的拖鞋，絕對跟革命性扯不上關係，但是全部用回收塑膠做的梅麗莎，卻走上改變世界的第一步，終極的目的——拯救地球！

梅麗莎（http://www.melissaplasticdreams.com）的鞋子，都是一種叫做MELFLEX的超軟專利塑料，是種可以100%回收，可塑性極高的PVC，不會有打腳的問題（甚至有愛用者宣稱感覺上好像沒穿鞋，簡直就是第二層肌膚），製作過程中，廢水跟廢料的回收率也高達99.9%，如果這一季沒賣出去的存貨，就會重新熔製成下一季新款的原料，一點都不浪費，如果爲梅麗莎工作，無論是工資還是福利，也都比其他同類的工廠要高，由於梅麗莎跟世界頂尖的設計師如Vivienne Westwood聯手合作，所以無論是超高的高跟鞋還是可以扭起來變成一小球塞在行李箱裡的涼鞋，都走在時尚的尖端，絕對不會讓人感覺到塑膠的廉價感，由於通風好，也不會有腳臭的問題，基於這種種的好處，除了時尚人士以外，許多環保人士跟反對虐待動物的純素食者，也都成了梅麗莎的主顧。

但是每個故事都有兩面。外界也有一批人，對梅麗莎抱持著不同的看法，因爲既然梅麗莎鞋子的原料是石化原料ＰＶＣ，就算可以完全回收，ＰＶＣ還是ＰＶＣ，因ＰＶＣ已經被證實含致癌物，許多國家都已逐步禁用或限用。比如說德國的Bielefeld市從一九八六年起限用ＰＶＣ，是全球最早限用的城市。德國、美國、加拿大、瑞典、日本、丹麥的部分城市都已推動禁用或限用ＰＶＣ。德國聯邦環保署甚至規定不容許將ＰＶＣ當廢棄物處理。加拿大多倫多市議會在一九九六年決議，含ＰＶＣ的廢棄物必須掩埋或回收，不得焚化。加拿大政府在「食物及藥品法」中，禁止ＰＶＣ作爲食品包裝材料。瑞典則是在二〇〇九年底淘汰添加DEHP軟化劑的ＰＶＣ（醫療器材除外）。美國新罕布夏州從二〇〇一年起，禁止民眾在後院焚燒ＰＶＣ。二〇〇二年規定所有含ＰＶＣ的產品都必須標示。日本的滋賀市原本計畫從一九九九年起禁用ＰＶＣ，後來因業界壓力太大而暫緩，後改爲宣導家戶不使用PVC生活用品。另一個佐賀市的市議會，則在同時要求管線及包裝材質不能使用PVC材質。丹麥從六年前開始課徵食物包裝材PVC稅，同時環境部宣示「減少及逐步淘汰軟性PVC塑膠行動」，並預計在二〇一〇年以前減少使用50％的燐苯二甲酸用量。環保署表示，包括資生堂、寶鹼、三多利等大廠也自發性停用PVC容器，停用產品包括啤酒罐的封口、礦泉水瓶、化妝品的包裝材、護髮及口腔衛生產品的包裝材、清潔劑等。

但是究竟孰是孰非？即使LEED（Leadership in Energy and Environmental Design，美國綠建築協會評分認證系統）綠建築標準，也爲了PVC是否可以算綠建材？如果不得不使用的話要不要扣分而爭論多年，更何況是一雙鞋子？如果我們以絕對的標準來看的話，梅麗莎的PVC對環境有一定的負面影響，但是因爲高回收，低單價，加上社會意義，是否比難以回收，造成大量水污染，又因畜牧而增加大量碳足印的皮革，對環境的負面影響小？

這個問題，也不會有清楚的答案。

美國人平均一個人有七雙鞋，如果你是女性的話，就算不是前菲律賓第一夫人伊美黛，有個二十雙鞋恐怕也不意外，根據統計，美國人84％的鞋子是中國製造的，也就是說除了製造過程中的大量耗能，就連運輸的碳足印本身就已經很高了，皮革本身雖然是天然材質，但是皮革接著劑卻有很強的毒性，這是爲什麼皮革工廠的工人常常面臨化學中毒的危險，染料排放到河川的污水，更是造成環境無法彌補的破壞，因此與其抱著粉紅色的夢想，出發找尋一雙完美的鞋子，還不如實際一些，認識到只要我們要穿鞋，就無法避免對環境的破壞，所以能修的鞋子就不要丟，或許有時候修理費跟買一雙新鞋差不多，但是這不只是關係我們的荷包，而是這個地球的環境成本，如果一定要買，就買對環境負面影響小的，像是Timberland使用有機材料跟再生皮革的地球守衛者系列（Earthkeepers），另外有些皮革接著劑也開始強調是無毒水溶性的，染料則是使用植物染，但是這樣的產品，還不容易在市面上輕易找到。

事實是，無論再多的Timberland或梅麗莎，也不會救地球，誰叫人類的腳那麼柔弱呢？但是在追尋的過程中，我們對於莫可奈何的現實有了更多的認識，而不至於天真的相信有神奇的產品，讓人類可以毫無顧忌的大量消費，這或許才是最珍貴的啓示吧。

# 我該買那個LV旅行包嗎？

## 05

每天多愛地球一點點

通常我是個安靜的消費者，屬於那種「正好看到就買」的男性族群，也就是說我不會爲了特別想買某個東西，整天在網站上搜尋比較，在討論區上徵詢網友的意見，無論是汽車還是衣服，筆電還是沙發，冰箱或是盆景，基本上都是走在路上，看到了正好需要或是想要的東西，拿起來在手上把玩一會兒覺得還算喜歡，就決定買下手（這樣說起來感覺上好像那種會在玉市買紫水晶的老阿伯，但是實際上頭髮沒有那麼多油垢味），只能說我不是個計畫型的消費者，所以有時會出現非理性的消費，比如說剛好肚子餓的時候，經過超市就會隨便買了十幾包平常根本不會去吃的零食，但是打開其中一包吃了幾口不餓了，就再也不會去碰其他的東西，這個壞習慣我的家人都很了解，所以從來不找我在飯前去大賣場逛，當然，也不能隨便讓我沒事走進Louis Vuitton之類的名店，因爲我只知道喜歡或不喜歡，根本就沒有在意ＮＥＴ或是Gucci，Giordano或是Dolce & Gabbana啊。

於是時常就會有眼尖的朋友驚呼，宣稱說在紀錄片上看到我穿著Giorgio Armani的訂製襯衫下田，或是大搖大擺穿著破洞的二手Ｔ（上面還用泰文寫著「ＴＡＩ油漆行贊助一九八四年東亞盃藤球錦標賽」之類的）去出席Range Rover揭車儀式，要不是覺得這人好屌（通常是學生），就是覺得這傢伙簡直是太做作了（通常是女性主義者），但是似乎沒有人想到，這種事情最無辜的受害者，應該是我吧？

這些事情發生在藝人身上，似乎多少還是個有趣的梗，但是偏偏發生在一個強調節能減碳的ＮＧＯ工作者身上，就不知不覺有點朝著醜聞的方向走，還好偶爾會有慈祥的ＮＧＯ同事，會稍微提醒我一下，比如面對脂粉不施的環保主婦時，應該要如何注意可以匹配的「正常」穿著，要是有人誤會我髮型走前衛設計路線，也一定要挺身辯白，講清楚明明是在泰國的菜市場70塊泰銖剪的，千萬不可以含糊其辭。

自從學習稍微謹言慎行之後，就不大知道怎麼買東西了。

前兩天不小心走進Louis Vuitton的店裡，看到了一個旅行袋，覺得大小很適合沒有拖運行李，又常常飛來飛去的我，因爲不是眞皮，所以重量又很輕，背帶看起來也很粗勇，正打算買給自己當生日禮物的時候，突然覺得$1,370美金加稅，買一個塗了一層ＰＶＣ的帆布包，這樣應該嗎？

因爲不知道如何判斷，所以我決定在部落格上讓讀者決定，想像中這個網站的讀者都是GQ、Vogue的型男美女，在流行事物的性能價格比上，應該比我厲害得多，如果大部分的讀者都說「買！」那我就可以心安理得的下手，可是如果更多的讀者覺得不應該買，那也就只能遵照多數的意見。

我看上的是一款在Monogram Macassar Canvas系列中叫做Keepall 55的旅行袋，大小剛好是可以當作上飛機手提行李的上限22吋，從環保的角度來看，這款ＬＶ提包不使用眞皮，減少畜牧業造成的環境污染，對於節能減碳來說，基本上是好的，重量輕，又能防水甚至防火，但是處理帆布時的ＰＶＣ塗料，卻是對工作者來說有致癌危險的石化產品，這樣看來也不是沒有缺點，問題是究竟優缺點相較，孰重孰輕？

再從鼓勵多樣性的角度，用手工製的ＬＶ提包，在一切都是大量生產的機器時代，是能夠鼓勵一百五十多年傳統工藝的好事，但是從使用資源的角度來看，又可能是一種效率上的浪費。

當然，從資源分配的角度來說，將近五萬元買一個手提袋，雖然稱不上驚世駭俗，但是我從ＮＧＯ工作者的角度，也可以輕易想出如果這筆錢，拿出來給需要的人，會有很多孩子因此得到上學的機會，或是買很多寄生蟲的驅蟲藥，在村落打一兩口水井，可能都會比我買一個手提袋更加有用，但是我們眞的能從這樣的角度來看消費嗎？

就好像前一陣子因爲在北韓製造而沸沸揚揚的瑞典設計品牌牛仔褲Noko，雖然一條牛仔褲（在瑞典售價約爲$230美金）相當於平壤一般工人兩年的薪水，但是製造牛仔褲的經驗，可以提升當地的技術水準，工廠的工人也因此得到比一般代工廠稍高的薪水，當地工廠也可以藉由這樣的訂單收入，來更新設備增加競爭力，從賑濟的模式中解脫，這不才是脫貧最好的方式嗎？但是，話又說回來，牛仔褲在北韓因爲象徵美式的帝國主義，是屬於違禁品，強調這筆訂單對北韓人民的社會意義，似乎又很諷刺，所以光是從原料的價值跟售價差距，來看一個產品是否有「價值」，顯然不是這個時代的人該有的想法，那麼，你的答案是什麼？

聰明的你，告訴我該怎麼做？

# 竹子做的環保腳踏車

06

每天多愛地球一點點

三陽機車的總經理，曾經在一次媒體訪問中表示他對十萬元一台的腳踏車實在不解：

「機車有一千多個零件，才賣五、六萬元，腳踏車不到一百個零件，居然可以賣那麼貴，實在是不可思議。」

當然，當我們說摩托車跟腳踏車的時候，想的是「代步工具」，但當提到哈雷機車與環法公開賽用自行車時，想的卻是「生活型態（lifestyle）」，價值感這種東西，就像藝術品，不是每個人心目中的答案都相近的啊！

如果看Craig Calfee設計的竹製自行車標價，別說三陽機車，就連捷安特、美利達的老闆也要捶胸頓足了吧？Craig開始用竹子取代車框架鋼骨的部分，從二〇〇五年開始接受客製，根據騎過的英國朋友表示減震效果真的很好。

「竹子做的，應該很容易斷吧？」相信各位大叔大

媽心裡一定有這樣的疑問，畢竟過去騎腳踏車常常會「落鏈」的記憶，還相當深刻啊。

正確答案是：「一點都不會」，因爲經過加熱處理以後，竹子的強韌性一點都不輸鋼骨結構，要不是這樣，我們怎麼會看到工地的鷹架都是竹子搭的呢？當然，看不習慣的西方人就會覺得像是特技表演吧？嗯，差不多就是那種心情。

可是比一般自行車更加環保的竹製自行車，有兩個問題。首先，竹子爲什麼不能用有機或永續種植的材料呢？種過竹子的人都知道，竹子一點都不難種啊！這個問題比較簡單，還好Craig午夜夢迴想起來一九八四年他還是個背包客的年輕人時，到非洲去旅行，當時看到①當地有很多竹子，②非洲很多人騎腳踏車，但是腳踏車永遠不夠，加上③需要工作機會的人很多，這三個回憶片段連結在一起，現在Craig不但已經計畫要到非洲的村落（好像是迦納吧？）用環保的方式在當地生產竹子原料，他還要教貧窮的當地人，怎麼樣用竹子自行製造成本很便宜的自行車代步，不需要仰賴進口的鋼架。

另外一個問題就比較大了，爲什麼一台要那麼貴呢？到網站上看了一下價格表（http://www.calfeedesign.com/bamboo.htm）差點岔氣，3,200美金啊！最便宜的也要1,900美金，而且只有骨架，輪胎、車手把、烤漆、坐墊，統統還要另外一個一個買，配齊全以後最少也要5,000美金，這還沒算進口關稅跟運費！這都要怪Craig從20年前接觸這行業一開始，就是專門幫自行車手製造超輕的超高價碳纖賽車，所以對於價錢這種事情沒怎麼在意（跟我們市井小民的心態完全相反），一九九五年那時候做第一台竹製自行車的時候，本來只是爲了好玩炫耀一下自己的手工，結果陸續幫公司員工、家人、朋友製作了12台以後，風評太好，才不得不開始想到接單量產的可能，現在既然已經規模化了，是不是請他以後能賣便宜一點呢？不過這不是我小小的腦袋能解釋的複雜問題，我們就只好跟英國藝術家Damien Hirst那些浸泡在防腐劑裡，拍賣都以百萬英鎊爲計價單位的全牛全羊一樣，把責任一起統統推給「生活型態（lifestyle）」吧！

都市人選擇騎腳踏車代步的生活型態，應用竹子這樣的環保材質，減少使用製造過程中極爲耗能的鋼材，當然是樂觀其成的綠色趨勢，但若只是假藉lifestyle之名，一時興起，家裡又多了幾樣昂貴的玩意（還記得在角落蒙塵的跑步機、按摩椅，跟紅外線溫灸床嗎），或者隨便自己拼裝一部山寨版的竹子腳踏車，那就還不如老老實實的，買雙回收環保材質製造的休閒鞋，多走點路吧！

我跟幾個公益旅行認識的朋友，也計劃自買下一些即將汰舊的租賃自行車，招募幾個愛車的公益旅行者，騎車穿越緬北，然後在當地農場工作完以後，就把這幾輛車捐給當地需要的人，所以只要發揮一些創意，環保就可以跟lifestyle完美結合！

# 比貓頭鷹更會轉的房子

07
每天多愛地球一點點

在自然界中，大概只有牽牛花有向著太陽旋轉三六〇度的本事，如果換成人類，脖子想要轉三六〇度，就算柔軟度多麼好，所有通過脖子的神經、血管、骨頭，大概都會像在辦公室搬家時整套電腦那樣打結吧？動物界中，脖子最能「凹」的大概就是貓頭鷹了，但是再怎麼轉，頂多也就是向左或向右各二七〇度（順便炫耀一下我的動物小常識：貓頭鷹其實是因爲眼球沒辦法在眼眶裡轉，所以要看四周，唯一的辦法就是整個頭轉，各位小朋友，這樣明白了嗎）。

建築物也是這樣，地板可以旋轉，但是要讓整層建築旋轉，那從上到下的水電管線網路該怎麼辦？唯一的辦法，就是跟貓頭鷹學習，怎麼把頭扭來扭去，但又不會打結扭到，加州Snow Creek市的業餘建築師Bill Butler，就決定以自己的住家做實驗，蓋一棟這樣的旋轉建築，唯一不動的軸心，讓所有水管、瓦斯管線從軸心通過，結果他建造出可以轉動一二〇度的房子，也因此出了點小名。用來旋轉房子的馬達，並沒有像想像中那麼驚人，耗電只要三七〇瓦。

旋轉的好處之一是，如果需要採光的時候，房子向著光移動，就不需要開那麼多電燈，天冷時也會收集太陽的熱能，減少用暖氣。反過來說，夏天便可以避開陽光直設，少開冷氣，想想還真有節能減碳的效果。

如果鄰居很討厭，也可以把房子轉背對他家，老死不相往來！

同樣來自加州的Al Johnstone跟Janet Johnstone兩夫婦，在Al上班的內華達州的3sixty Technology of Henderson設計公司幫助下，成功在Mountain Helix這個地方，蓋了間更厲害的房子，可以三六〇度旋轉，秘訣就是把原本垂直的管線，改成兩個半圓形的水平管線交疊，底下的那半層固定，上面的那半層旋轉，兩層中間用垂直的管子連結相通。至於電力的部分，就用可導電的刷子刷在房屋底盤的金屬環上，所以無論怎麼移動都可以保持接觸，也因此不會斷電。用來旋轉這棟房子的馬達，耗電大約一千瓦，每轉一圈需要一個小時，而且是太陽能發電。

這兩個單獨的實驗，開始受到建商的注意，巴西的Moro Construções Civis公司，因此在Curitiba省的Suite Vollard，興建了十一戶獨層獨戶的旋轉公寓，廚房跟浴室這些需要水管的地方，蓋在房子中央不動的軸心上，每戶售價是$550,000美金，將近兩千萬台幣，聽說這家建設公司還因此跟在美加、日本、葡萄牙還有中東的阿拉伯聯合大公國的建商都簽了開發協議。

但是最讓我稱心滿意的，莫過於杜拜一棟正在興建中，預計在二〇一〇年年底落成的新摩天大樓。八十層的超高層建築當然已經不是奇聞，大樓頂層有旋轉餐廳也是老掉牙的把戲，但是讓這棟又瘦又高的建築站上世界第一的，並不是屋頂旋轉餐廳，而是整層樓可以360度旋轉，而且不止一層，而是有好幾十層（印象中好像是59層）都能夠圍繞著建築中央的水泥軸心獨立旋轉，成爲世界上第一棟會移動，會旋轉，會改變形狀的建築。

聽起來有沒有點像Transformers變形金剛？

這棟高達四二〇公尺的大樓一旦完工後，每天不同的時間，就會變成不同的形狀，設計這棟大樓的建築師宣稱，一輩子保證不會看到有兩次相同的排列組合，控制大樓旋轉的方法很簡單，各層的住戶，可以用聲控（！）決定自己這層的旋轉速度，最快可以一小時繞一圈，慢的話三小時繞一圈，這些公寓每層都是事先做好的半成品，所以到時候只要像積木般一層一層裝上去就可以了。

但最厲害的，不是大樓能夠旋轉這件事，而是這棟大樓所需的動能，都來自太陽能跟風力。

風力發電的方式也很特別，每兩層樓中間安裝超大型的水平式風車扇葉（一般我們看到的都是垂直的）來發電，也就是說一共會有79座風車，雖然表面上看起來這樣的施工費用直逼天價（總造價估計約七億美金，或折合二二五〇億台幣），但是想想如果從此不用付電費，也不需要消耗有限的石油或天然氣來發電，長期來說應該也合算吧？

設計這棟建築的建築師David Fisher，事務所設在義大利佛羅倫斯，他從來沒蓋過摩天大樓，但是這點顯然沒讓投資人擔心，因爲聽說他已經又著手設計另一棟類似的七十層大樓，準備在莫斯科興建。建築師在這棟大樓的紐約記者發表會上還說，這些風車所發的電力，不單供給整棟大樓供電足足有餘，甚至還可以賣回給電力公司。

除了可以旋轉，隨時可以按照心情挑自己喜歡的view之外，聽說還會有汽車專用的電梯，所以住戶從外面回家以後，無論住在幾樓，都可以把車開在自己家門口停放，聽說類似這樣的高科技節能建築，杜拜還有好幾棟在醞釀之中（誰會想到經歷金融風暴後杜拜還這麼有錢呢），比如當地有家叫做Dubai Property Ring的建商，就有計畫要蓋三十層樓的公寓，建案好像叫55° Time Dubai，從每層樓獨立旋轉的設計更大膽跨進一步，整棟大樓同時旋轉，轉一整圈要一個禮拜。

如果想成爲這棟八十層樓旋轉住家大樓的主人，每戶售價從三七〇萬美金到三千六百萬美金不等，也就是說最便宜的一戶也要超過一億新台幣，但是跟逼近二五〇億台幣的造價比起來，應該很合算吧？

如果讀到這裡，很想看這棟建築長什麼樣子的話，可以到YouTube上去先睹爲快：

http://www.youtube.com/watch?v=vJRDZE5xW2Y

如果哪位有錢的讀者，看了這篇文章後眞的去買一戶當度假別墅的話，可不可以請我帶著照相機去你家喝下午茶呢？咖啡跟糕餅我都可以自備，保證鞋底也不會沾泥巴，狗也不會咬拖鞋，請一定要邀請我去啊！

# 把你的溫室效應吃掉！

## 08

每天多愛地球一點點

英國的衛報《The Guardian》最近有一篇報導，說光是來自食物的碳足印，就佔了全英倫20%的碳排放總量，如果轉換成電力的話，就是每個人100W，或折合每人每天2.4KW，跟一個倫敦人每天必須消耗的電力相當，這樣一想，不難想像我們每天因爲吃喝造成的碳排放，還真的不少。

作爲一個消費者，我們可能覺得很無力，因爲時常看到在媒體上呼籲大家減少食物的碳足印，卻沒有人具體教大家要怎麼做才能夠具體減少碳足印，卻又不至於犧牲口腹之慾的享受，所以只好帶著罪惡感，繼續日常的吃吃喝喝。

其實減低食物的碳足印比想像中簡單，只要發揮創意讓報廢的食材少一點，吃得素一點，食物產地近一點，控制分量讓剩菜少一點，這樣就夠了。

比如，從選擇低碳的食物開始吧。

以肉類來說，我們一般到餐廳點肉的時候，無非就是雞豬牛羊，這四種肉類對大部分消費者來說，沒有什麼非吃不可的原因，有些人因爲宗教原因不吃牛，有些人怕羶味不吃羊肉，沒想到誤打誤撞達到了低碳的目的——因爲雞肉跟豬肉消耗的能量，的確比起羊肉跟牛肉要低。製造一公斤雞肉，相當1.7kg的$CO_2$排放，豬肉則是雞肉的三倍，比較之下都是比較低碳的肉類，牛肉相對之下，則是雞肉的十倍，所以如果對你的口腹滿足度沒什麼差別的話，選擇雞肉跟豬肉的頻率多一點，牛肉跟羊肉頻率少一點，就已經邁開幫助地球的一步了！

同樣是素食，耗能也差很多，通常經過精製加工製造的產品，會比新鮮的蔬菜水果耗能高很多，比如一公斤胡蘿蔔只製造0.1kg的二氧化碳，但同樣重一公斤的麵包，排碳卻是胡蘿蔔的十倍。

我們都聽說很多關於地產地銷的好處，以美國來說，食物的搬運大約佔整體耗能的11%。當然，無論是青蔥還是白蘿蔔，茄子或是蒜頭，再怎麼普通的食材，都有出名的產地，但是爲了煮一鍋好吃的關東煮，眞的非渡戶章先生種的「練馬大根」不可嗎？想吃烤雞串燒，非到埼玉縣千住賣蔥的專門市場去買一把「千住蔥」來裹在中間嗎？風情固然美好，但是說眞的，除非你是葉怡蘭，誰吃得出區別呢？

喔！別忘了進口的蔬菜水果，並不見得就比本地產的耗能更多，如果一眼看上去就很脆弱，不耐長久保存的，可能就要靠空運或是低溫運送，損傷報廢的比例一定也高，比如台灣高山上生產

## 用一天24小時？

王蘊潔(以下簡稱王)：我瞭解自己的個性，一旦安排好的事，就會照表操課完成，所以，我

出色創意有限公司執行長
**陸承蔚**

陸承蔚(以下簡稱陸)：每年到了九月，我就會開始REVIEW今年的整體狀態，從工作、身體、

# 古市幸

## 真的只要這樣做

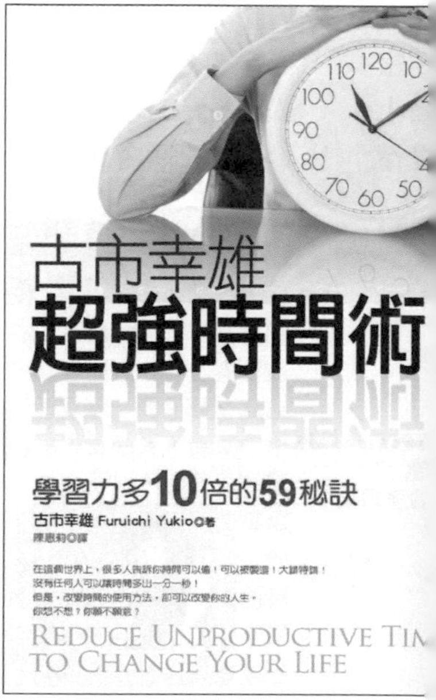
110 120 10
100
90
80
70 60 50
古市幸雄
超強時間術
學習力多10倍的59秘訣
古市幸雄 Furuichi Yukio◎著
陳惠莉◎譯
在這個世界上，很多人告訴你時間可以偷！可以被製造！大錯特錯！
沒有任何人可以讓時間多出一分一秒！
但是，改變時間的使用方法，卻可以改變你的人生。
你想不想？你願不願意？
REDUCE UNPRODUCTIVE TIM
TO CHANGE YOUR LIFE

古市幸雄
超強時間術

## 你要先花個五分鐘想一想，現在的你如何使

聽聽他們怎麼說？

創業家
**趙郁文**

趙郁文（以下簡稱趙）：每年的計畫只是大致的方向，會存留在自己的心中，也與主要的關係人

專業翻譯家
**王蘊潔**

的高冷蔬菜，經過產地低溫直送之後，恐怕要比泰國進口的芭樂乾消耗更多的能源，更別說台灣的高冷蔬菜對水資源的消耗，農藥與化肥大量使用滲入地下水的嚴重問題了。

說到耗水，這也是另外一個好指標，一杯普通的茶包泡成250ml的茶，生產過程消耗30ml的水資源，同樣容量的咖啡卻要消耗2,802ml的水，所以如果你是那種喝茶跟喝咖啡同樣滿足的人，那就多選擇喝茶，把咖啡留給我吧！

附帶一提，同樣重量250公克的牛肉，生產過程要耗水高達38,750ml！

最近在日本相當流行的白桃咖哩，光是聽起來就讓人垂涎三尺，其實這些美味芬芳的白桃，都是賣相不佳的次級品，趁成熟之前摘下來，果肉還硬的時候才不容易一煮就爛，如果不是因爲這樣的創意料理，農人辛苦栽種的白桃，可能就因爲輕微的碰撞或是被鳥啄傷，淪爲作堆肥的命運，製造成白桃咖哩，卻變成了奢華的特殊口味，這是爲什麼我相信只要發揮創意，讓報廢的食材少一點，就可以達到減碳的目的。

減少剩菜，可能是減碳最直接的辦法了。瑞典政府就直接了當告訴民眾：「把你的溫室效應吃掉！（Eat Up Your Greenhouse Effect）」因爲一人份的牛肉沒吃變成垃圾扔掉，等於一個環保燈泡點亮163小時的能量，一份沒吃掉的鮭魚，則是204個鐘頭環保燈泡的耗能，就連一份溫室栽培的番茄，也夠燈泡點亮84個小時。

說到耗電，很多人有錯誤的觀念，以爲用微波爐熱菜比較耗電，雖然天然瓦斯加熱原則上比電力加熱的碳足印低，但這並不代表用瓦斯爐熱剩菜，比用微波爐低碳，實際上剛好相反，因爲微波爐跟電熱壺（不是那種一天二十四小時插著反覆沸騰的熱水壺喔），能夠將能源有效集中在小面積加熱，所以反而勝過瓦斯，只有量大的時候，瓦斯才能發揮節能的功效，所以如果只是加熱一兩人份的食物，無論如何都是微波爐比較節能。

過去的主婦都有很多持家的本能跟智慧，比如說家裡離市場遠，不得不開車前往，就會一次多買一些，但如果住家走路或騎腳踏車就可以到市場的話，那就反過來，每次買剛好的量，這樣就不需要擔心太多剩菜或是浪費電來冷凍食材。把這樣的生活智慧找回來，自然就會做出對環境友善的決定。

沒有用的包裝少一點，開車購物的頻率低一點。誰還能說不簡單？

最後，別忘記回收。製造一個飲料鋁罐的能源，基本上跟用電熱壺煮沸一杯水的耗能差不多，但是如果一個鋁罐沒回收的話，那麼這個鋁罐的碳足印，突然就變成一杯茶的十倍！

拉拉雜雜說了那麼多，只是爲了證明食物里程跟耗能的學問雖然很多，但是別因爲覺得複雜而索性不做，事實上恰好相反，就是因爲可做的太多了，所以隨手拈來，都有減碳的現成機會，就從下一餐開始，我們一起來把溫室效應吃掉！

# 綠色的新年禮物

09

每天多愛地球一點點

想好要給自己什麼新年禮物了嗎？很多人可能立刻就想到要買支新手機，卻沒有想到舊手機該如何回收處理，以美國爲例，每年美國人就扔掉一億三千支舊手機，光是秤重量就有65,000噸，如果沒有專業的回收，不但浪費了手機中有價值的金銀等貴金屬，那些有毒的面板、接著劑、金屬和塑膠，在垃圾場或焚化場造成的環境傷害，恐怕不是我們一般人可以想像的。如果舊手機沒有找到去處，那不如再多用幾個月吧！

犒賞自己的禮物，可能還是小事，但是逢年過節送人的禮品呢？

每年的農曆年假前一兩個月，我們就已經開始煩惱，如何搞定這張機票那張車票，要準備這個禮物那個紅包，節能減碳在重要性上絕對排不上名次，但既然已經整年都那麼辛苦貫徹綠色理念，如果能夠不需要因爲過個年功虧一簣，何樂不爲？

首先，來講講如何購買禮物。過去的時代，送禮之所以是件大事，很重要的原因是交通不發達，燕窩非要到泰國旅遊才能買到，深海魚油要託人從美國買，同仁堂的藥除了北京沒別的地方有，就連買個新款手機，都要透過層層關係，有錢還不見得買得到，但是現在可沒這回事了，世界上如果說有什麼東西是網路購物或電視購物上買不到的，那就請多等上五分鐘，肯定馬上就有了，正因爲這樣，對於送禮這件事，就是貫徹節能減碳的大好機會。

如果是當地的賣場也能買到同樣的東西，就算差個幾塊錢，也寧可到需要送禮的當地再購買。要是眞的當地買不到一模一樣的東西，就不妨事先透過電話或是網路訂購後，請商家直接寄送到最終目的地，不但省心省事，避免旅途中損壞，因爲商家使用貨運或郵政集中載送，每一個商品分攤的二氧化碳排放量肯定比自己開車或帶上飛機來得低，到達目的地領貨之後再包裝，不但可以節省空間，同樣體積的貨運可以因此提高裝載量，包裝也不會有任何破損的疑慮，可以說一舉數得。

當然，包裝的材料，如果更多人都能夠盡量選擇可回收的材料，或是盡量簡化，自然會幫助整個環境，畢竟禮品重在心意，有時候連內容都不是那麼重要了，更何況是拆了立刻就扔的包裝紙？美國人每年光是節日之後扔掉的包裝垃圾，就高達2,500噸之多，根據計算，每個家庭如果收到三件包裝的禮物，這些扔掉的包裝紙鋪起來，就可以蓋滿四萬五千座大型足球體育場，講究過度包裝的中國，恐怕也少不了。

既然送禮是心意，在大肆採購之前，不妨先找找，家裡是不是已經有些現成可以轉送的禮品，自己雖然用不著，或許正是別人想要也需要的東西，沒人規定禮物非得花錢買不可，如果手巧的，甚至可以自己動手製作，可能比任何市面上買得到的成品更合用，更別說意義非凡了。

如果將心比心，想想別人老送自己一些沒用的禮物，就算自己費盡心思，恐怕也很難送讓人滿意的禮物，如果這樣的話，在國外行之有年，國內也越來越受歡迎的現金卡，禮物卡，禮券，甚至是手機的儲值卡，都可以替代現金，讓對方選購自己眞正想要的東西，或許少了一點浪漫，但是肯定環保。如果對方不需要這些實質的禮物，甚至可以用對方的名義，捐款給有信用的環保組織或是慈善團體，把有著對方姓名的捐款收據，作爲禮物送給對方，或許比金錢買得到的禮物，有更深刻的意義。

除了送禮之外，別忘了多加使用公共運輸工具，除非不得已，或是車上每個座位都坐了人，否則避免長途開空車上路，應該已經成了現代人的第二直覺，不需要在這兒多說。

最後值得一提的是，無論是西方的耶誕節，還是中國的新年，往往都免不了張燈結綵一番，如果這些燈泡，全部改用省電的ＬＥＤ燈，耗電可以減少高達90％之多，每年耶誕節過後，美國的垃圾場裡起碼多出一千萬棵耶誕樹，中國雖然一般人不過耶誕，卻是製造人造耶誕樹的主要產地，雖然塑料表面上來說跟環保扯不上邊，但如果可以像美國總統歐巴馬以身作則那樣，年復一年重複使用同一棵人造耶誕樹，反而可以減少環境的負擔。要過綠色生活的學問，看來還眞不少，但是從過個紅中帶綠的年節開始，肯定是明智的第一步。

# 世界上最划算的飛行

## 10

每天多愛地球一點點

不久之前，如果一個廠商說自己「不計成本，回饋顧客」，雖然沒有人相信，可能也沒有人會反對，但是最近我卻看到一個航空公司的例子，眞的超划算（就是感覺上是立刻會被943寫在書裡的那種），但似乎卻沒有人因此而興奮。（關於943，請看本書〈背包教我的事〉）

爭論的焦點，是美國聯合航空公司938號班機，每天晚上從倫敦LHR機場到布魯塞爾BRU機場的短程班機，飛行時間僅有32分鐘，搭這班機的人非常的少，卻使用波音777的大型噴射客機，對於想盡辦法要升等的旅客來說，這毋寧是大好消息，有網友貼文在一個航空同好的討論網站FlyerTalk，說當天所有的乘客只有26個人，飛機卻有344個位子，於是搭這班機的乘客，通通都被免費升等到頭等艙跟商務艙，還享用兩輪免費的香檳酒。這位乘客說他在聯合航空公司的英國網上預先訂購機票，只要£33.70英鎊，相當不到台幣兩千元，是其他同行如英航

（ＢＡ）或BMI的三分之一不到，但是平均每四個乘客，就享有一個空服員，可以說是超豪華的短途飛行。

有多短呢？飛機飛行加上起飛降落的時間，比搭Eurostar火車從倫敦到布魯塞爾還要多花30％的時間，這班飛機沒什麼人曉得，航空公司也沒特別做廣告，這班飛機存在的原因很簡單，只是航空公司爲了要保持這條線的航權，以免夏天景氣復甦的時候拿不到路線。

以前景氣好的時候，航空公司爲了「卡位」會派空機往返，但是現在環保人士越來越注意航空公司的能源效率高低，所以只好開始載零零星星的客人，以示誠意，還有另一個原因，就是英國航空公司控管的倫敦LHR機場的過夜費太高，就算花油錢跟起降費用飛到比利時去隔夜，隔天早上再飛回倫敦載客回美國，還是划算。

所以浪費這額外24,000磅重的燃油（平均每個乘客分攤923磅之多），比搭火車多排放八倍的二氧化碳，究竟這是航空公司的錯？以碳稅名義徵收高昂停機費用機場的錯？或是國際航空法規的錯？

由於對能源使用多寡越來越敏感，消費者也開始質疑這些企業的決定或法規的限制，這個風向的轉變，最近感覺特別明顯。

不只聯合航空公司如此，美國航空公司也有一樣的幽靈班機。奇怪的是，當每個乘客都享受物超所値的服務時，並沒有像預期之中那麼滿足，找到超便宜的超豪華班機，不一直都是這個討論區的會員日夜追尋的目標嗎？爲什麼當這麼好康的事情發生的時候，我們的反應卻恰恰相反，不但不開心，反而開始反思質疑整個事件的荒謬，好像看到美國前副總統高爾，乘著私人噴射機來告訴我們節能減碳的重要一樣令人匪夷所思，爲什麼世界上最划算的班機，卻沒有讓我們大呼過癮？

Gregg Easterbrook在他前幾年出版的書《The Progress Paradox》裡面提出一個有趣的理論，他說美國人有史以來從來沒有像現在那麼富足，但卻還是不快樂，原因有兩個：一個是期望被滿足後的空虛（the revolution of satisfied expectations），一個是恐懼失去（collapse anxiety），因爲超低價升等商務艙，享受有如私人噴射機的夢想已經實現，再也沒有什麼可以追求的了，從此以後的每一趟飛行，無論去任何地方，恐怕都不可能再像這趟倫敦到布魯塞爾的半小時旅程那樣難忘，在這樣雙重的失落感下，我們沒有因爲佔了便宜而滿足，反而產生罪惡感。

但是這兩個標準，未免也都太物質化了，難道沒有更好的解釋嗎？環境跟氣候變遷問題，基本上有點像是原子彈，我想沒有人會因爲住在一個沒有原子彈的國家，而覺得自己比一個住在有原子彈國家的人更安全，因爲原子彈毀滅整個地球的威脅是全球性的，跟我們身處在什麼地方已經沒有太大的關係，這或許是爲什麼，當我們坐在一架只有25個乘客的波音777班機裡大啖香檳魚子醬時，所有對於過度浪費地球資源的憂慮，在這瞬間變得很具體，也只有在這個豪華的夢想實現的時候，發現我們並不會因爲有一天擁有私人噴射機而變得理直氣壯，這份不在預期中的罪惡感，逼迫著我們不得不去認眞面對不合理的現實，試圖去理解，在這漫長的反覆討論中，我看到人性溫暖的一面。

如果財富、航空公司白金卡、私人噴射機，都不能作爲衡量一個人的標準，那麼究竟要用什麼才能衡量一個人？有人曾經告訴我，答案是「好意（kindness）」，我不知道這是不是最好的答案，但是善待他人，用好意對待地球，確實可以讓我們晚上睡得更安穩，變得更接近我們喜歡的典型。

# Emma的開心農場

11

每天多愛地球一點點

來自日本的塩見直紀一九九五年起提倡「半農半X」，鼓勵社會上無論正職是銀行員還是工程師，藝人還是學生，都能學習讓自己的生命跟農事產生關係，畢竟現代人跟土地的關係越來越疏遠，廢耕的土地越來越多，如果我們能使用已經開墾過的土地，不但可以讓廢耕地活化，還可以減少溫室氣體，促進地產地銷，甚至不需要進行有機，應以產量越高越好，因若全世界改成有機農業，將只能養活世界人口的一半。

「半農半X」的形式很多，比如我的朋友Emma就趁著碩二休學一年到東帝汶參與韓國NGO The Frontiers（簡稱TF）世界服務計畫，平常的身分是學校和平志工，設計遊戲、舞蹈、戲劇和歌唱，和孩子們玩創意，倡導和平。在擔任和平志工的過程中，開始體認到重建和平不只是化解種族的衝突，對環境的愛護也是另類的和平曙光，因此在當地積極參與種樹運動，連結在地青年和學生到山上植樹。

以下就是我特別邀請Emma寫的一段記事——

「你今天種菜了嗎？」朋友說。剛從東帝汶回來的我頓時一愣，還摸不著頭緒。朋友緊接著說：這是一座虛擬農場。你扮演農夫的角色，每天下田種玉米、蔬菜等各式蔬果，另外可別忘了找隻獵犬看門，許多人趁著凌晨時分行竊。朋友積極的遊說我趕快辦個農場，體驗新鮮感既不用花錢又好玩。

在東帝汶我也有座開心農場，但我只種樹。東帝汶土壤貧瘠加上長達半年的乾季，當地人民趕在雨季降臨前，燒掉一座座的山頭作爲玉米農場，收成後將之煙燻作爲乾糧以度過漫漫長日。年年的燒山導致雨季多處水土流失和道路崩壞，爲了再造新天地我的農場也就於焉誕生了。開始積極和部落首領協商洽談，向他表明不須負擔任何的費用，包含樹苗、人力和器材。在首領的認可下，我們開始募集人力連結在地青年和YMCA工作人員，跑到政府山林委員會載運樹苗，意外的是面對聯合國警察的威嚇，差點拿不到農場開墾證。首先他懷疑我們居心不良，因爲從沒有外國人在東帝汶種樹，他們只是來辦公、消費和觀光。其次是人員組成參差不齊，怎麼看也不像是專業人員，只能說我們好心被雷親。最後在白紙黑字下承諾我們的責任分擔和風險，他才放行。

擺脫了陰霾，我們鬥志高昂的爬上山頭，準備一舉種下百棵的樹苗。我奮力的挖洞急著把樹苗和外層塑膠套往洞裡塞，一旁的朋友趕緊制止，原來樹苗著地後，莖根會開始伸展，那層黑色塑膠套會阻礙它的成長。接著，我把土覆蓋後尋覓他處。我的朋友馬上抓了把小石頭撒在我剛種的樹苗周旁。我疑惑的看著，才明瞭雨季造成土壤流失，放上石頭才能增加土壤附著力。除了種樹苗的基本常識外，不同品種的樹苗根據大小、乾濕和陰涼特性，需要妥善規劃分地而種。第一次當農夫還眞需要耐力和體力，學習老祖宗的智慧。

過了兩個月我們準備進行第一回合除草運動。一棵棵的小樹苗趾高氣揚的向我們敬禮，我們拿著鋤頭忙著將周邊的雜草鏟除。陽光普照，汗水滴滴流下，我們滿足的品嘗鹹鹹的滋味。與朋友的虛擬農場相比，我在東帝汶的開心農場多了一份付出勞力後的喜悅和愛護環境的實踐力。

**關於Emma（施盈竹）**

東帝汶是21世紀新興國家，一九九九年獨立公投前發生大屠殺，對TF（國際和平組織The Frontiers）如何推動和平工作感到好奇，EMMA便在那待了一年又兩個月。她回憶那段歲月：

「有次上完課，學生們主動提議到山上種樹。隔天，每個人帶著小樹苗便浩浩蕩蕩出發。山很高很遠，走到半途還下起大雨來，大家仍堅持爬到最高點。看著他們卯足全力種樹，我分不清這是汗水還是雨水？

還有位校長帶我去搬樹苗，當地運輸工具缺乏，縱使能獲得免費樹苗，是否能運回來才是最大的考驗。抱著姑且一試的心理，我們先選好樹苗，便開始攔車討價，駕駛提出天文數字，我們只好在馬路徘徊數個小時。突然，一輛公務車駛近苗圃，我們追著它跑，最終完成搬運一百棵樹苗的使命。一年多的田野生活讓我發覺和平路上總會遇到惺惺相惜的人，一起打拚。」

如果想跟Emma聯絡，她的電子信箱是ihy8282003@gmail.com

# 六十秒綠建築

12

每天多愛地球一點點

「綠建築」聽起來是個耳熟能詳的名詞，好像隨便去泡個溫泉，住個民宿，還是到哪裡去吃個仙人掌冰淇淋，都很容易會聽人家說：「我們這棟是綠建築喔！」但是具體要說綠在哪裡，就好像去「樂活足療館」，問老闆他們家的腳底按摩究竟哪一點樂活一樣，應該會讓大家都很尷尬吧？

這幾年來，將英國建築學會BREEAM（BRE Enviromental Assessment Method）綠建築認證的標準，也是全世界最早也最完整的綠建築標準帶到亞太地區，是我命該勞碌的具體證據，但無論在曼谷還是台灣，北京還是上海，講到最後都會發現一件事：從來沒有人能用六十秒鐘，簡單明瞭的說明一棟在台灣的建築物，要怎麼被認證成國際認證的綠建築，又要花多少費用。我決定今天來接受這個挑戰，以後大家就不需要再怯生生壓低嗓門問這個好像讓自己顯得很蠢的問題了。

計時開始！

實際執行階段，一個英國BREEAM綠建築認證計畫通常分爲以下九個階段執行：

**1計畫準備階段（Project scoping session）：**

在這階段通常需要兩位認證顧問在建築現場與英國同步進行。在建築現場部分，顧問需要與建築設計團隊充分溝通，收集所有向BREEAM總部正式登記項目所需資料與數據。英國部分，另一個顧問必須與BREEAM總部以及顧問團隊其他成員合作，完成登記準備所有文書工作。這個階段以兩名顧問3個工作天計費，總費用£3,600英鎊。以我工作的顧問公司來說，我們還會請這套標準的原始設計者Joanne Rourke 親自核對所有登記前所有資料及數據，支付她每小時£100英鎊的顧問費，共需工作時數3小時。總費用£300英鎊。

**2項目正式登記（Log and register project）：**

所有BREEAM在國外認證的客製化項目均須在開工前向BREEAM總部取得兩項正式登記。第一項是「Bespoke Criteria and Registration」，這套專爲標的建築所寫的客製綠建築標準開發費用約爲£5,500英鎊，加上消費稅（VAT）。第二項是BRE「全球登記與認證費（Global registration and certification fee）」，取得案號，登記費用約為£1,500英鎊。

### 3「BREEAM國際客製綠建築標準」培訓課程：

因爲大部分參與建築跟設計的專業人員，不見得了解綠建築的精確意義，所以開工前相關人員最好參加三天的「BREEAM國際客製綠建築標準」訓練課程。主要參與者除施工跟設計單位外，包括都市計畫專家、建築師、設計師、規劃師等專業人員，建築系所教師及學生也都可以付費參加。這些國外來的BREEAM認證師資，每人每天的費用約£600英鎊，交通食宿實報實銷。全程參加的學員可以得到BREEAM頒發的完訓證書，並取得「BREEAM綠建築稽查顧問」的應試資格，也就是說，如果參加完訓練課程，想成爲綠建築稽查顧問的人，會拿到一個案例回家做，有一兩個月時間可以慢慢做，做好以後寄回英國總部通過審查，審查合格就可以被認證成爲綠建築的稽查顧問，這張執照全世界通用。

### 4施工現場訪視：

按照BREEAM規定，施工期間需要一位認證顧問做三次現場訪視，並且拍攝施工現場照片，與施工單位進行訪談，確認施工情形，回報進度，及時反饋讓施工單位了解BREEAM認證需求，甚至需要時與地方氣象專家或能源專家會談，取得地方降雨量的信息分析或能源使用情形分析等。每次訪視的收費是￡600 英鎊。

**5 證據採集：**

如果資料信息齊備，本階段一位認證顧問需要十個工作天，每個工作天費用爲￡600英鎊，如有超過十天部分，每超過一天費用也是￡600英鎊，以不超過四天爲原則。

**6 報告準備：**

所有設計圖以及施工圖、報告圖，都必須連同報告翻譯成英文，上呈BREEAM總部，預計需要七個工作天，每天費用爲￡600英鎊。建商或屋主可以自行僱用專業技術翻譯公司，翻譯所有報告所需的圖紙跟文件。

**7 第三方檢查：**

好像小學的時候老師會要我們跟隔壁的同學交換改考卷，綠建築的顧問公司也會互相僱用，讓競爭對手當成公正的第三方，檢視所有即將上呈之最後資料與報告，確保程序正確及完整，通常需要10小時，每小時收費め100英鎊。

**8審核流程：**

報告上呈到通過，所需審核時間約爲三個月。

通常建商或屋主須提供一份在地的專家名單，包括地方環保人士、能源效率專家、濕地專家等，以供英國總部審查單位有需要時諮詢，綠建築的顧問公司也可能需要在當地僱用一名熟悉建築與永續發展的研究員，收集最適合當地的環保傳統，傳統自然保護方法，以及地方頒布的環保標準，翻譯後提供BREEAM的上級單位BRE Global作爲評審的參考。

**9完工驗收（Post construction verification）：**

一旦完成這九個步驟，就算大功告成了，可以放心的是，綠建築不是古代考狀元，一試定終身，綠建築顧問必須全程輔導，如果從設計施工一開始就參與，就得保證最後拿得到綠建築認證，所以比較像是駕照保證班，綠建築顧問就像駕駛教練，負責到考上爲止，所以沒什麼可怕的！

認證費用是以建築物棟來計算的，所以如果一棟超複雜的建築（比如皇宮古堡之類的），大概得花三萬英鎊，一般的現代建築呢，大概只要一半就夠了，加上支付顧問的差旅，通常只要不是很詭異的建築，一棟（不論大小）大約台幣一百萬元以內就能搞定，成爲在全世界都公認的BREEAM綠建築。比起建築物的營造本身，或是美國ＬＥＥＤ綠建築標準的認證費用，實在不是筆大數目。

這樣有沒有講得很清楚明瞭呢？說到這裡，我想起美國有一家禿頭植髮的電視廣告，宣稱只要打免費服務電話，跟客服人員索取植髮說明的ＤＶＤ，「60秒以內就能清楚說明完整個程序」。但光是這支廣告片，就將近三分鐘了，我每次看到這個廣告的時候都不免在想：

「眞是有病！與其花三分鐘要我打電話去索取只需要看一分鐘的ＤＶＤ寄到我家，爲什麼不能現在就直接了當在電視上花60秒告訴我呢？」

如果連植髮中心都要賣關子弄得那麼複雜，也難怪綠建築認證感覺如此神秘朦朧。這次我們先把綠建築搞清楚，下次等我把植髮弄懂以後，再來寫一篇「60秒植髮」好了，省得坐在電影院裡老是被前面戴帽子的人擋住銀幕。

# 肉食與草食

13

每天多愛地球一點點



學生時代，我喜歡人類學家李文斯頓的一本書籍《生食與熟食》（其實是一套四本的第一卷，但是就像大部分眼高手低的知識青年，我只看完第一本就沒耐性看完剩下的《從蜂蜜到菸灰》、《餐桌禮儀的起源》、《裸人》，現在回頭想想有點汗顏），透過神話的結構分析，企圖證明人類心靈在看來十分任意的表象之下，其實存在著非常固定的運作法則。然而最近，我卻發現草食與肉食，霍然成了比生食與熟食更讓人熱血沸騰的話題，因爲生食與熟食是可以經由學習而改變的人類習慣，但即使生物學家認爲人類的生理結構跟草食和果食動物很相似，人類熱衷於肉食的事實似乎無法扭轉。

人類對肉品的需求量以驚人速度成長，畜牧業的發展，甚至可以導致亞馬遜原始熱帶雨林的消失，根據「地球之友（Friends of the Earth）」（一九七三年創立的環保組織）的一份報告中估計：在一九九五年，光是英國就因爲需要進口當作動物飼料的黃豆，而使用境外四千平方公里的土地，這其中一半以上在巴西。巴西的小農被大豆種植場排擠，於是很多被迫遷移到巴西東北部，也因此破壞亞馬遜原始的熱帶雨林，這數字當時看來很驚人，在今天卻已經只是零頭罷了。這一連串的連鎖反應，起因都是消費者對肉食的貪戀。森林遭濫墾來提供牧地（或種植牲畜飼料的農地），生產跟運輸肉品以及冷凍加工肉類的過程，更釋放出大量的二氧化碳，畜牧業所排放的二氧化碳佔全球總排放量的18％，比所有石化業、汽車、摩托車加起來的污染總和還要高，是造成地球暖化的第一元凶。

似乎一旦找到可以怪罪的對象，就讓人安心多了，阿根廷人一夕之間，從優雅的鬥牛士變成謀殺地球的頭號兇手，因爲在全世界一百多個國家中，每個人年平均食肉量最高的，就是阿根廷。阿根廷每個人平均一年要吃掉68公斤的牛肉，全世界吃牛肉第二多的是烏拉圭，每個人每年吃掉41公斤，第三名才是美國。美國人原本在一九七〇年代，包括牛肉在內的每年人均食肉量爲50磅（相當於22公斤），但是目前已經達到約每年每人一二七公斤肉品的程度。

爲了生產肉類，而使用地球資源是效率很低的。光是從水資源的佔用來比較，差別就很驚人：有統計指出，生產一公斤牛肉所需要的水就高達十萬公升，另外還要加上一百公斤的草料，和四公斤的糧食。這些牛吃的糧食，不外乎是玉米、黃豆之類的，四公斤聽起來雖然不多，但是也都要耗費大量的水資源才能孕育而成，比如生產一公斤玉米需要一千四百公升的水，黃豆更高，需要二千公升的水，才能生產同樣一公斤的量，小麥則需要九百公升，草料如果以相較之下耗水最少的馬鈴薯，每公斤折合消耗五百公升的水來計算的話，牛吃一百公斤的草，就又多耗五萬公升的水，這意味著生產一公斤的牛肉，需要的水就在十萬公升到二十萬公升之間。

如果以農地面積作爲計算的基準，數字聽起來更加驚人，因爲農作物要消耗大量的水，農業用水大部分是不可恢復的，經過植物而從葉片和莖蒸發，不像很多工業用水，還可以回收再利用。根據估計，生產一公頃飼料用的玉米，在生長期內要用掉四百萬公升的水，另外還有二百萬公升水從土壤表面蒸發。每一公頃黃豆，則需要四百六十萬公升水，而每一公頃小麥也需要二百四十萬公升水。這樣聽來就已經夠嚇人了，但是養成一公斤牛肉，卻要比收成一公斤穀物還要多用一百倍的水。世界上將近87%的淡水都被用在農業上。

這還只是單純一項水資源的計算，如果把各種消耗的天然資源一一拿出來分析，那就更不得了了，大家現在已經願意接受全球氣候變遷的原因，有不少是來自人爲產生的溫室氣體（最典型的溫室氣體是二氧化碳），其中牧場的集中養殖所直接（動物透過正常的呼吸產生的二氧化碳，消化和糞便造成的甲烷氣體）或間接（飼養過程中使用石化燃料而排放的二氧化碳、使用無機肥造成的一氧化二氮排放等）產生的大量溫室氣體，就佔了全世界總排放量的18%。之所以會這麼高，跟甲烷的排放有關，因爲甲烷雖然在大氣中的濃度較小，但是對溫室效應影響卻是二氧化碳的數倍。農場的動物和動物糞便每年排放八千七百萬噸，就佔了全球所有甲烷排放的15%。

以不同的牲畜來分的話，一頭牛每年排放二氧化碳四千公斤，一隻羊四百公斤，一條豬約四百五十公斤。如果不知道這樣算多還是少的話，參考的數值是，一個人類在地球上，每年大約排放三百公斤的二氧化碳，而一輛自用轎車，年排放差不多五千五百公斤左右。

另外，氨氣跟一氧化二氮也促進溫室效應，還破壞臭氧層（如果沒聽過的話，一氧化二氮也是酸雨的主要原因之一），以一九九四年的數字估計，當時每年排放的一氧化二氮中，有80%來自農業，英國公布關於氨氣（氨氣造成硝酸鹽濾出和酸雨）的數字也差不多，每年釋放的三億五千萬噸，就有80%是農業造成的。美國糧食消耗量的70%是用於餵養牲畜，英國39%的小麥、51%的大麥和75%的農田被用來作飼料，全世界生產黃豆的95%被拿來養牲畜，全世界先進國家一共消耗三分之二的穀物在餵養牛羊上，而全世界糧食總產量的三分之一（也有一說是45%），都被用來作牲畜飼料。無論怎麼看，肉食對環境的傷害都很直接。

瞬間，答案似乎變得非常明顯——只要大家不吃肉或少吃肉，對地球的傷害就會減少，就如一九九九年CIWF（Compassion in World Farming，關愛世界農場動物協會）關於工廠化養殖和環境報告中說的：「以環境來說，動物農場是養活這世界的最昂貴的方式。生產動物蛋白質是以一種極低效能的方式利用陸地和水資源。農場動物以低效率將植物蛋白質轉變成爲動物蛋白質，典型的效率大約30％到40％，而在牛肉的情形中只有8％。豬要吃四公斤糧食才能生產一公斤豬肉。康乃爾大學的一份報告中估計生產牛肉所需的水是生產稻米的五十倍，生產小麥的一百倍。美國的『有責任心科學家聯盟（Union of Concerned Scientists）』得出結論說，如果美國人均肉食量減半就可以減少農業用地30％，減少水污染24％。『世界農場動物慈善聯合協會（Compassion in World Farming Trust）』的新書《肉食商業（The Meat Business）》主張全球性的工廠化養殖業可能會導致環境和社會的慘禍。在今後二十年中，如何餵養八十億人口，而又能保護我們的包括陸地、水、空氣和野生物種的自然資源，是一個日益緊迫的課題。在全球普及集約化養殖業不能被看作是一個可以持續的解決方式。」

這也難怪這份報告出來的時候，當時的聯合國秘書長瓦爾德海姆曾表示：「富裕國家的糧食消耗，足以導致世界範圍內的飢餓。」他同時還說：「西方國家攝取食物的方式，是導致其他地區飢餓的主要原因。」畢竟傳統上，肉類是有錢人才吃得起的食物，如果只爲了製造讓只佔地球人口比率一小部分的人要吃的肉，犧牲大量原本可作爲多數人日用糧的穀物，那當然不符合公理正義的原則。

據估計，如果北美洲每個人每星期吃一頓素食，節省下來的糧食每年可以供應一千六百萬人。再假設如果美國減少消費10％的肉類，把節省下的穀物直接供應糧食不足的地區，就足夠供額外六千萬人食用，如果每個富裕國家都能做到這兩件假設，世界上的饑荒問題或許眞能獲得舒緩。但是，答案眞的這麼簡單嗎？草食動物對於維持生物多樣性的幫助，對於保持碳在地球上的循環等，的確扮演著重要的功能啊！

日本對於生產極品牛肉，所灌注的心血與資源，在美食評論家眼中是值得歌頌落淚的，血統證明的黑毛純種和牛，每頭都要如人類捺指紋般記錄鼻紋來做身分鑑定，和牛改良組合認定的番號，還有全國和牛登錄協會簽發的「子牛登記證明書」，加上完整的生產履歷，都要呈現在消費者面前，這樣的牛每年不會超過一千頭，因此一份牛排八萬日圓也不稀奇，在東京麻布十番的「大田原牛超」，一份號稱牛中鑽石的「超別格牛超吟撰BMS12」，更可以賣到十五萬七千五百圓日幣一客，因為符合這個等級的「超牛」，全日本一年不到十頭，但是在素食環保人士的眼中，卻成了肉食者道德腐敗的證據，難怪有素食團體鼓吹，與其使用大片土地生產動物飼料，倒不如直接拿來種植穀類、黃豆以及其他豆類供人類食用，從而避免飢餓問題，除卻糧食危機，只要一名食肉者改成素食者，每年就減少排放一點五噸的二氧化碳。但是素食，是否眞能解決地球上的糧食問題？

主張素食的一派，宣稱肉食不經濟而又低效，除了前面說的自然資源消耗跟穀類作物不成比例之外，同樣一公斤的肉類蛋白質，要比植物性蛋白質貴20倍，吃下去的肉只有10％被體內吸收，其餘的90％都被排泄出去。

半世紀以前全球一年消耗的肉類總數是七千一百萬磅，但是到了二〇〇七年，卻暴增到兩億八千四百萬磅，而且根據估計，按照現在的成長速度，到二〇五〇年還會再翻倍，但是地球並沒有條件可以供應如此大量的牲口糧食跟淡水，也無法承擔如此巨大數目的牛羊製造出來的溫室氣體，歐洲議會就已經發表聲明，宣稱歐洲雖然能養活其人口，但無法養活其牲畜。

要如何從合理的角度來看待素食與肉食的世紀爭論，我並沒有足夠的智慧，提出完美的答案，但是人算不如天算，一部分是拜不景氣之賜，另一部分則是有意識地不想成爲環境的罪人，牛肉在市場上的需求持續減少，連全世界吃牛肉最多的阿根廷人，二〇〇九年的牛肉食用量，也神奇地從每人68公斤減到57公斤，因素食材料不像牛肉需要冷凍，對餐廳來說經營成本比較低，適合不景氣時降低餐館的經營風險，加上多吃素食的環保潮流，即使在布宜諾斯艾利斯的高級商業區，也出現越來越多素食餐廳的蹤影，阿根廷牧民因此不得不屠宰很多小牛，以避免到時候供應過剩，對牛肉的價格下跌影響更鉅，雖然殺小牛很殘忍，但我們希望這只是一次性的，未來預估對肉類的需求持續下降，牧民也就不會無止境的增加圈養的數量。

不單是阿根廷，各國的中產階級，也都開始響應每週一餐或一日素食（如「週一無肉日」，但是請問徐仁修大大，爲什麼一定要禮拜一呢？跟比利時那樣禮拜四不好嗎？還是「無車日」順便一下比較好記？可以連續三天各選一餐吃素食，而不用一整天三餐都全素嗎？那正餐外的零食算不算？小果凍裡有動物膠的話可不可以？可以像初一十五吃素的人那樣，不小心忘了的話自己找一天補嗎）的運動，或許，這是雜食動物的人類，歷史上第一次有意識爲我們的共同命運，繼量販大賣場之後做的一次重要選擇。

# 週一無肉日

## 14

每天多愛地球一點點

最近某個禮拜一去吃了一家新開的日本料理，可以說經歷身體與精神雙重的折磨，對於味蕾與腸壁絨毛都是一場嚴峻的考驗，元凶就是這盤牛蒡炒牛肉，竟然甜得像是飯後甜點，誰說現在國際糖價攀升的？眞是一點都感覺不出來。

這頓令人飽受驚嚇的一餐後，我不禁對於響應「每週減少一次外食」跟「週一無肉日」兩個提案，重新愼重考慮起來。

也許，很多人還沒意識到，報紙上隨時在討論的世界糧食危機，其實跟我們外食還有肉食的習慣，有著密切的關係。

爲了要幫助地球節能減碳，同時增進個人健康，英國提倡每週一天晚餐自己在家開伙，因爲減少開車，減少食物浪費，也減少過度精緻處理食物的過程中，所需要消耗的能源，這些都可以具體詮釋成二氧化碳排放量的減少。

同時，英國前披頭四樂團的保羅・麥卡尼（Paul McCartney）爵士也帶頭推廣「週一無肉日」運動，呼應比利時根特市（Ghent）在此之前一個月開始的「週四無肉日」，媒體無國界，影響所及就連台灣民間也發起山寨版的「週一無肉日」平台，力邀餐廳推出「友善素食食譜」，目標是餐館週一提供三分之一無肉菜單供消費者選擇，最好還能結合量販業者，推動素料專櫃，並且結合航空業者，推動機上無肉餐，舉辦無肉餐高峰論壇等等，看來好像認真做的人，明年就會當選上十大傑出青年的樣子。

外食族每週一次在家開伙，是希望能夠減少開車跟餐廳食材的浪費，週一無肉，則是希望藉由減少肉品的消費，降低畜牧業對地球造成的環境傷害。

我自認是環境愛好者，但是比較屬於「白目」型的環保人士，最怕人家脫離科學根據，自行演繹環保戲碼，這種戲碼的模式通常是這樣的：既然有週一無肉，爲什麼不乾脆一週無肉？既然能夠一週無肉，爲什麼不一個月無肉？一個月不吃肉那就終身茹素不好嗎？本來說好一週一天，說著說著變成要吃長齋，那算了，讓愛吃素的人自己去吃素吧。

每次有什麼好點子，總是被這種人破壞掉的。

別忘了，保羅・麥卡尼雖然自己長年吃素，也只鼓吹一週一天，並沒有希望全地球的人類都跟他一樣變成草食動物。

人家一年一度透過「飢餓三十」募款，偏偏就有人要自行加碼，每週來個一次飢餓三十，也沒捐錢，以至於完全看不出他常常挨餓跟行善有什麼關係。

明明強調「樂捐一日所得」的活動，新聞中就一定會出現明明已經命苦得半死的人，偏偏要把一輩子的家當全部捐出來。

有年英國馬拉松路跑募款，明明是一場媒體造勢，偏偏有個四體不勤的藝人，自己決定全國遶境連續跑四十多天，每天都跑一個馬拉松全程，後面還跟著一輛冰淇淋車，分送免費冰淇淋，弄得全國每天都擔心這個傢伙會不會心臟病暴斃在路上。

幾年前我介紹中國大陸的年輕夥伴做的「多背一公斤」讓台灣的讀者認識，鼓勵大家旅行的時候順便多帶一公斤的學雜用品捐給偏鄉的小學，結果最近就有大學講師，沾沾自喜地跟我說他們現在都帶著學生在推廣「多背五公斤」，雖然我嘴上說：

「哇！太棒了，你們眞的很厲害耶！」

心裡面其實想的是：「你們這種人眞的很討厭，我管你背幾公斤，一百公斤重死了也不在乎，幹嘛這樣啊？一公斤不好嗎？一定要比人家多嗎？越多就越好嗎？」

早在台灣年輕人沾沾自喜多背著五公斤旅行，大大增加碳足印的時候，發起多背一公斤的中國大陸團體，已經早就強調就算兩手空空不背一公斤也沒關係，帶個腦袋去就行了，因爲偏遠地方的孩子，最缺乏的不一定是物資，而是藉著去跟孩子聊天，讓他們能聽到外面廣大世界的故事，進一步有了能做大夢的能力，一公斤的學雜用品，原本也就是代表一份來自外界的關懷，從來就不是「兩岸比一比，看誰才是愛心大力士」的膚淺競賽。

再說，在家開伙，本來就沒有一定比外食節能減碳的必然性，除非做飯的時候：

燒沸水時蓋上鍋蓋→節省0.5 kg二氧化碳排放。

做菜時鍋子對準瓦斯爐或電爐正中間→節省0.8 kg二氧化碳排放。

微波加熱取代傳統加熱菜餚→每一份菜能節省0.3 kg二氧化碳排放，五道菜就是1.5kg。

可是如果沒有說清楚，久而久之就會產生「在家煮飯→環保→救地球」的奇異邏輯。

相同的，少吃肉的確有重大的環保效果，若能說服全美國每個人每個星期都有一天不吃肉，節能減碳的效果就相當於路上少了八百萬輛汽車，因爲除了飼養過程製造的污染，肉品的運輸，飼料的種植，動物糞便分解過程中釋出的甲烷氣體，甚至牛反芻過程打的嗝、放的屁，加起來就是那麼可觀，可是光推廣「週一無肉日」，沒有說清楚，就很容易簡化問題，讓一般人誤以爲肉是壞東西，或是「吃素→環保→救地球」有直接的因果關係，而不知道正確的解讀是：素食並不一定比肉食低碳，只是如果你想要藉著改變飲食習慣，來爲地球氣候變遷貢獻一分心力的話，那麼少吃點工業化畜牧養殖的肉，的確是減少環境傷害一個相當直接有效的方法。

減少肉食可以減緩地球氣候變遷，同時幫助全球糧荒的問題，也避免更多動物受到不人道的對待，這個論點最早是根據二〇〇六年的聯合國Food and Agriculture Organization公布的一篇調查報告〈Livestock's Long Shadow（牲口的長影子）〉裡寫的，報告中指出畜牧業佔了全球18%的二氧化碳排放，其中包括亞馬遜原始森林不斷被清空來飼養牲畜的後果，但是少吃肉，是否就可以如報告中所說幫助減緩地球氣候變遷呢？事實並不如想像中那麼簡單，因爲並不是所有動物的肉都消耗相同程度的資源，一個小農戶在自己家的後院養牛，吃院子裡本來就有的草，並不會因此而增加二氧化碳的排放，只是進入大自然原本短期的碳循環規律之中，基本上還是碳平衡的，造成氣候變遷的並不是「肉」這種東西，也不是「吃肉」這個行爲，而是針對大型商業畜牧，爲了提供動物飼料，砍伐森林，種植牲畜吃的玉米、黃豆，種植過程中噴灑農藥，土地使用化學肥料，交通運輸等等，對於自然環境造成的影響加總。

可是，並沒有人跟我們講清楚，就算天天吃素，如果吃的是使用大型農機具耕種，砍伐森林開墾種植出來的黃豆，那麼增加的二氧化碳排放，還遠超過小農在自家後院草地上飼養的牛隻。

英國的媒體《衛報》（The Guardian），並沒有看在披頭四的分上，想也不想就失心瘋似的支持週一無肉日（meat-free Monday），而是在標題上理性變化，變成「less meat Monday（週一少吃肉）」，而且還強調，如果不是週一也沒關係，每個禮拜隨便找一天都可以，就是要讓好的倡議變得簡單，容易執行，但不至於簡單到違反科學的道理，才能禁得起考驗，有成功的機會。反觀我們無論在談樂活還是低碳生活等等新觀念時，常不知不覺設下太高的門檻，明明帶一公斤就好的公益旅行，最後也變成如果不背五公斤就沒愛心，只怕會曲高和寡，無疾而終。

一盤難吃的牛蒡炒牛肉，能夠帶來這麼多啟示，平心而論也算值得了！

# 綠色的夢

15

每天多愛地球一點點

我有個社區大學的朋友，時常提起之前任教於文山社大長達十年的東吳大學郭中一老師，基於私立大學的退休金不足以養老，便想試著回到父親在中國的家鄉，探詢是否可能找到一塊荒地，從頭打造出一片世外桃源。二〇〇五年春天，跟任教於大葉大學建築系的好友徐純一老師，眞的趁著清明節前往安徽合肥勘查土地，了解大潛山、二潛山、小潛山周邊環境，短短幾個月內，夢想就像雪球那樣越滾越大，原本只預計自家人退休同住，結果不少教育界的朋友們聞風，也希望加入這個能安養天年的理想家園，越接觸就越發覺當地農村的貧困，教授們在打造理想家園之餘，也把鄰近地區的整體發展給考慮進來，最後竟成了要爲地球探求永續發展的理想生活方式的一處實踐基地。

嚴謹的教授一家，果然跟我們時常隨口說說就算的莽夫愚婦不同，一年後，他們當眞決定了以小團山當基地，小團山距劉銘傳故居劉老圩不到一公里，還是劉銘傳當年練兵處，而劉銘傳跟台灣的淵源頗深，對於台灣後來逐漸邁向現代化，脫離瘴癘之地的宿命，有歷史上的貢獻。這種巧合讓郭老師夫婦心頭一震，冥冥中莫非是要透過來自台灣的他們，讓劉銘傳的家鄉步入現代化嗎？又過一年，小團山開始建設，第一件事就是建配電房，這樣才有電可用，緊接著蓋水塔、活動中心，活動中心裡還有生物降解淨水設施，於是潔淨飲水也有了。而最神奇的是，園區設有污水處理再利用的系統，務使達到污染不外流的目標。

那年秋天，開始小面積試種十多種香草，隔年春天，已經拓展大面積栽植香草二十多種，還開始嘗試栽植紅樹莓、黑樹莓、藍莓。這期間的冬天也沒閒著，原本在台灣即擅長英語教學，卻自稱爲小團山村姑的郭師母，天天在園區監工、開墾之餘，還利用僅有的週六假期開設免費英文班，這同時也把工房蓋完了。聽說早期來上課的小朋友不愛洗腳，臭氣熏天，郭師母不動聲色親自打水，幫孩子們一一洗腳，此後大家來上課，再不敢不洗腳就來了。

二〇〇八年秋天，大池塘內放養草魚、鰱魚、武昌魚各數千尾，這些魚的飼料，就是農場上種植的牧草。

二〇〇九年春，栽植香樟數百株、松樹百株。短短的三年當中，小團山香草農莊已經成了合肥一帶重要的示範區，當地人原本連聽都沒聽過「食物里程」、「垃圾分類」、「生態環保」、「有機農業」、「永續開發」這些在台灣已經耳熟能詳的名詞，突然之間都變成了看得見也摸得著的生活情景，來這裡吃飯自備環保餐具，污水也都循環利用，不施用化學肥料也不噴灑農藥，現在還引進台灣優良的米種台粳九號，開始種稻，很多在北京講究的台商已經聞風預購了，而用牧草餵養的魚，加上香草替代防腐劑製作成香草魚鬆，不久也將變成宅配的美食。

我最近聽到的故事是，當地少年宮辦了一個戶外活動，帶著一群小朋友到小團山，因爲天氣很熱，小朋友汗流浹背，紛紛到冰櫃前面要買冷飲，沒想到工作人員不但沒有鼓勵這些孩子消費，反而告訴他們：

「這裡的飲料比外面貴，主要是因爲不鼓勵大家喝汽水，但是農莊有自種自製的純天然酸梅湯，還有有機花草茶，可以讓大家免費暢飲。」

光是這一個小動作，我就至少看到了地產地銷以減低食物里程、有機農業、樂活飲食，還有減少不必要購買的「責任消費」概念，都細緻地貫串其中。

台北人往往感嘆沒有機會接近自然，對於地窄人稠的環境覺得無奈，但卻少有作爲，只能對著Discovery Channel上的歐洲鄉間美景興嘆，難得有像郭老師這樣的實踐派，帶著都市人的知識跟學者的見解，到一個徒有粗野的自然環境，一個沒有具備知識力量跟夢想能力的地方，去打造心目中的世外桃源。

當然，都市人的夢想除了是綠色的，有時還帶著夢幻的粉紅色。去過小團山的這位朋友說，徐純一老師設計的這棟具有中國四合院精神的集合式住宅，外觀是南歐風格，全區可以無線上網，坐在落地窗前喝著農莊自產的花草茶，完全感覺不出人在安徽合肥的鄉下，以為置身歐洲的田野，這點我不大確定喜不喜歡，但正因這不是我的夢想，所以當然沒有我插嘴的餘地，只是有種：「喔！原來你的夢是這個樣子的啊……」恍然大悟的滿足，記得我看到外婆在七十多歲第一次畫圖，畫的內容是她的夢境，也有這種感覺。

小團山的例子，鼓勵我進一步勇敢做夢，打造屬於自己的夢境，在這之前，郭老師已經為很多人，開啓了一扇尋夢的窗口。

# 救地球就要……每天換一台車！

16

每天多愛地球一點點

我居住的波士頓，總是每幾年就會出現一個特別好的點子，比如說Zipcar，就是每個國際城市該有的綠生活選擇。

Zipcar介於租車跟擁有自用車之間，無論是路邊或是停車場，隨時都會看到有些車的車門上有綠色圈圈裡面有個Z的標誌，這些車以小時計費，每個小時折合台幣三百多塊，油費跟保險都全包了，上網預約離你最近的那一台（每台都像寵物那樣有自己可愛的名字），拿智慧型手機按一下，預訂的車就會像狗狗看到主人那樣興奮地開始對著你按喇叭，走到車邊再按一下手機的確認鍵，車鎖就自動解除，車鑰匙就掛在方向盤底下，用完以後隨便找個路邊的車位停好，確定車裡沒有遺留垃圾，也沒有魷魚羹臭豆腐的味道，就可以走人了，直到下一個使用者到來。

聽起來很像007情報員才會做的事，但已經有很多波士頓的年輕人，經過十年後，接受了這種平時不需要養

車，隨要隨租「pay-as-you-go」的開車模式，聽說每一台車，可以取代20台私人轎車，每個開車的人碳足印可以減少一半。

因爲人的心理就是這樣（包括我自己在內），如果已經買了車，覺得不開很可惜，所以即使要去的目的地並不是非開車不可，也忍不住會開一下，可是如果開車的每小時都要算錢，就會自然而然減少不必要的開車，根據統計，改用Zipcar的美國駕駛人，平均少開44％的里程，而且每個月節省了$600美金（美國養車一年的成本，包括折舊、保險、修理、油錢等平均是$8,000美金，別忘了，美國人還不用買車位喔），每個月能節省折合約兩萬台幣，對都市人來說不能說是小數目。

我想Zipcar會讓一些不需要天天開車，但是偶爾還是非用幾個鐘頭的車不可，又不想租整天車，也不想搭長途計程車的都市人（比如週末到苗栗鄉下娘家吃個午飯）或是公司（臨時要載個客戶去竹科開個會就回來），根本不需要養一台很少用的車，也不用買一個昂貴的停車位，或特地花錢搭計程車先去租車公司花時間辦手續填表格，用完車停路邊就好也不用特地去還車，就算臨時要延長，也只要傳個簡訊或打通電話即可。

Zipcar如今在幾個主要城市已經都大受歡迎，Hertz等租車公司也忍不住加入戰局，成立了Connect，也有像芝加哥那樣，聯合幾家ＮＧＯ非營利組織經營的社會企業I-GO。我一個在舊金山的老朋友，自從幾年前出車禍險些送命以後，從此不敢再開車，但是最近，她決定先花12塊美金租一個小時的Zipcar來開開看，再決定是不是要再買車重新上路，自從開過Zipcar以後，就發現根本沒必要自己買車了。

是的，如果不想開可愛的MIni Cooper，或是Toyota的超省油電混合車Prius，Zipcar也有ＢＭＷ喔！你今天想開哪一台出門？

# 貳：愛人生

LOVE THE EARTH
A LITTLE MORE EACH DAY

# 重拾對愛情的敬意

17

每天多愛地球一點點

我在ＮＧＯ領域的好朋友Connie說他記得我以前寫過一篇文章〈重拾對距離的敬意〉，說的是因爲交通工具的快速便捷，讓旅行變得太輕易，連帶地，也讓人失去對距離的敬意。當橫跨太平洋也不過是十個小時，吃個飯，打個盹，看兩部電影的時候，我們很容易忘記這兩點之間，其實阻隔著半個世界。

前幾天，他見證了朋友MIni爲了要延續她在阿富汗的一段感情所做的付出，告訴我他才又想起了我這篇文章，因爲那種百轉千折，除了佩服她的毅力與勇氣，連帶地，也不禁感嘆，或許，現在的感情來得太容易，讓人對於愛情，也失去了敬意。

Connie跟MIni是前幾年冬天一起到印度垂死之家服務而結識的，後來在二〇〇六年夏天，MIni去了東帝汶一個月，二〇〇七年，又到阿富汗參與爲期一個月的和平營，結果便在當地留下來，預備以一年的時間繼續從事志工服

務。如果對國際新聞關注的人，應該還記得二〇〇七年七月，有二十多位前往阿富汗進行醫療服務的韓國志工，被塔利班政權以他們在當地傳教的名義逮捕，其中兩位並在扣留期間陸續被殺害，韓國政府將人質救回之後，下令所有的韓國人必須全數撤離阿富汗，往後也不再能夠得到阿富汗簽證，若企圖私下前往，甚至就要取消其韓國國籍。

MIni正好就是隨著另一個韓國NGO過去服務的志工，韓國籍的隊員都被迫離開了，留下來自台灣的她跟其他兩位外籍志工，如果他們也跟著走了，那麼這個辦公室大概就立刻關門大吉，往後要再進入的可能微乎其微；然而，一個在阿富汗沒有資深正職人員，只憑著初來乍到，只有三個志工的組織，到底又能夠在這樣的情形下做些什麼呢？

其中一位志工，在二〇〇八年五月先行離開，

MIni和另一位志工夥伴在沒有韓國成員參與，但有其他國家志工的狀況下，於當年夏天舉辦完最後一次的和平營，連同MIni，一共有多達五位台灣來的志工，在阿富汗可以算是空前絕後。夏天過去，也就是二〇〇八年的九月，MIni一年的任期終於完成，也離開了阿富汗。回台灣以後，MIni沒有跟別人說太多那一年到底經歷了些什麼，朋友也只隱約知道她在當地設法跟其他的國際ＮＧＯ合作，幫小朋友弄了個社區圖書館之類的，但是，其他呢？Connie隱約覺得，一年不算長，但也不算短，一定還有發生什麼其他的事情吧？

一開始，MIni總是避重就輕，說光是在阿富汗每次要辦理延長居留，就要來來回回很多趟，百般刁難完全沒有什麼道理，但光是這個理由，也不足以讓一個不支薪餉的志工，在這麼艱難的情況下堅持待滿一年吧？最後，MIni終於鬆口，原來是在阿富汗交了個男朋友。

原先，MIni的父母對於外國男友的想像，無非就是金髮碧眼的西方人，所以也沒有太過驚訝，等到他們終於透過電腦螢幕，看到一個竟然乍看之下，長得很像恐怖分子賓拉登一般的人，就只差沒昏倒！

這位阿富汗人，原來是MIni合作的韓國ＮＧＯ裡面的當地員工，要不是發生人質事件，要不是韓國人被強制撤離，依照原先的工作規劃，MIni原本會到另外一個地方駐點，不會長期留在喀布爾，這個阿富汗男子跟MIni大概也沒機會多接觸。Connie說這情節好像張愛玲《傾城之戀》的翻版，雖不能說是爲了成就這段姻緣，而發生之前的種種事件，但在亂世裡發生的戀情，哪一樁不是造化弄人呢？

MIni返回台灣，生活立刻就從亂世回歸到太平。過去這一年在阿富汗發生的種種，原本也可以就讓它如過往雲煙，一筆勾消。然而，拜現代科技之賜，就連感覺上在幾個世紀外的阿富汗，透過手機，透過網路，透過MSN、Skype、Facebook、Twitter，也都在彈指之間，要想重現牛郎織女，羅密歐與茱麗葉，或是梁山伯與祝英台的故事，恐怕也很難。但是，再先進的科技工具，也抵不過十指交扣。

雖然回國已經一陣子，但MIni在找工作上卻不是那麼順利，畢竟她的經歷太特殊，還眞沒有幾個NGO組織知道該怎麼用她，而原先打算到美國念書的計畫，經過阿富汗這一年折騰，也暫且拋到九霄雲外去了。在一次的電話長談中，Connie提醒MIni，暫且別管工作，也別管留學，先面對目前最懸念掛心的事情吧！如果這事情不處理，其他的都沒可能做好。之前，在阿富汗，那是特殊情境造就的特殊戀情，如果轉換場景，在台灣也依然能夠相愛，那麼，就不是一場露水戀情了。

然後，MIni終於做出了決定，二〇〇九年春天，再次回到阿富汗，經歷一重一重比她自己辦簽證延期更多出不知多少倍的困難，百轉千迴後終於把阿富汗男子TAMIM帶回到台灣，TAMIM目前正在學中文，爲他們在台的正式結婚努力中。Connie前一陣在吉隆坡公益旅行的時候，曾經擔任上百位以難民身分在當地滯留的阿富汗人的英語老師，和阿富汗人在課堂上相遇，記憶猶新，沒想到見到MIni帶著在台灣唯一長期停留的阿富汗人，又是另一番感觸。

見面那天，TAMIM剛理了頭髮，修了鬍子，Connie也不禁讚賞眞是個帥哥，很有人緣，一副聰明相，已經去過台灣不少地方旅行，即使中文還不大靈光，也能走到哪裡，就輕輕鬆鬆跟人家交上朋友。作爲在台灣唯一的阿富汗人，外交部的人對他印象深刻。他們在阿富汗，已經在男方家族的見證下定親了，可是台灣因爲史無前例，所以相關手續還一直在持續奮戰中，聽說還得到沙烏地阿拉伯的台灣外交領館去辦手續。跟他們道別時，Connie還答應無論如何一定要去參加他們的結婚派對。

看到這對戀人一路走來的點點滴滴，Connie說他心裡面浮現我在那篇文章裡說過的話，大意是說因爲交通工具的快速便捷，讓旅行變得太輕易，連帶地，也讓人失去對距離的敬意。MIni&Tamim的故事，讓人在爲他們祝福的同時，也不禁好奇，相較現代都會男女的愛情，會不會也因爲一切來得太輕易，兩情相悅後一下子就進入了柴米油鹽醬醋茶的日常生活，滋味淡薄平淡無奇，連帶地，也讓人失去對婚姻的敬意呢？

MIni&Tamim所經歷的每一段過程聽來，都讓人可以一再地打退堂鼓，但正因爲過程是如此曲折坎坷，讓人不禁重新去思索「刻骨銘心」的定義。這個故事的結局，應該如童話中的王子公主從此過著幸福快樂的生活，但現實人間的這對小夫妻，還繼續在爲他們的愛情持續奮戰，對抗世界有色的眼光，迎接現實生活的折磨，文化和習慣的巨大差異，還有遠方戰亂烽火中的家人，沒有人說這會是簡單的事，也沒有人能夠保證從此一帆風順，但是現在，我們至少能獻上最誠摯的祝福，希望這個故事的結局，是個俗麗而完滿的愛情喜劇。

**關於兩位主角：**

Mlni

世人口中的七年級生，大學畢業後懵懵懂懂地在國會與媒體工作過一陣子。
偶爾出國當志工，去過印度、東帝汶跟阿富汗；阿富汗不小心一去就是四百天。
現任職於東吳大學張佛泉人權研究中心，仍然浮浮沉沉地在尋找，一種同時可以幫助別人一點點、又不會讓自己餓死的生活方法。

Tamim

喀布爾人。即便阿富汗一直在打仗，但從他出生以來沒有離開過阿富汗，一直到遇見Mlni。
之前在韓國NGO The Frontiers Afghanistan擔任Local Staff，經常往返巴米揚難民營與喀布爾。
目前正在台灣學中文，仍然跌跌撞撞地在尋找，一種不會被別人當成恐怖分子、而且可以拿到簽證留在台灣的方法。

# 天兵鼓手

18

每天多愛地球一點點

如果有機會可以幫助一個人改變生命，我們會不會挺身而出？

面對這樣一個假設性的問題，大多數人大概連想都不想，就會說：「當然囉！那還用說嗎？」

但是在現實生活中又是怎樣？

我最近工作的一艘豪華郵輪上，有一個八人樂團，樂團團長是我的好友，團裡的最新成員，是個很有天分但是讓大家都覺得很頭疼的二十三歲年輕鼓手，來自芝加哥相當富裕的社區，要上船之前滑雪扭到腳還沒復元，但是跟船醫約好時間卻連續八次缺席，還強烈抵抗船醫要做的身體檢查，莫名其妙討厭那個醫生，還因此出言不遜，讓醫生一狀告到他老闆那裡去。

鼓手跛腳已經夠讓人頭疼了，上船前竟然連一件襯衫一條領帶都沒帶，同事借他一件上台穿的黑襯衫，結果連穿了十九天也沒送去洗衣部換洗，部門老闆要自掏腰包給他一百五十美金治裝費買襯衫也被拒絕，說他自己有錢可買，看著月升月落，就是沒看到他去買那件傳說中的襯衫，每天還是穿沾滿污漬的那同一件。

他老是搞不清楚工作的時間地點，宣布事情的時候聽而不聞，之後一問三不知，上台五分鐘前突然找不到樂譜，焦慮之下立刻造成全團的大恐慌，一張合約書遲遲不簽字也不繳回，讓人事部跳腳，演出前大搖大擺坐在客人專用的吧檯上等開演，被糾正時還一點也不覺得自己有錯，卻覺得大家老找他麻煩，只要講他兩句就情緒不穩定，甚至對著上司口出髒話，卻堅持他什麼錯都沒有，覺得自己眞倒楣，無論到哪裡都被找碴。衝突事發一小時後，卻又好像什麼事都沒發生似的，還跟團長眞情告白說以後眞希望跟著他到別的船上去工作，嚇得我這朋友立刻說：「慢點兒，慢點兒，我對你還沒有這種感覺！」

他的鼓打得很好，極有語言天分，能說流利的德語，但從小住在芝加哥的他，卻完全搞不清楚芝加哥開車朝東北方去一兩個鐘頭過了國界，就是加拿大的魁北克省，雖然他從小到大跟著家人去度假不曉得無數次。如果在軍隊裡，這人就是天兵。幾個禮拜下來，我這向來厚道的團長朋友終於被這年輕人搞得神經衰弱，私下跟我說他決定對這天兵按照規定記過申誡懲處，只要記了三次過，他就得自己買機票捲鋪蓋回家，而且永遠不會再被僱用。

這時，我終於忍不住沉默，跟我的團長朋友說：

「有沒有可能他有亞斯伯格症（Asperger）？」

之前為肯納基金會的一些計畫工作，朋友中剛巧也有專事亞斯伯格症病友的家教老師，或病童的家人，因此累積一些病友接觸的寶貴經驗，讓我對妥瑞氏症或亞斯伯格症，比一般沒有接觸過的人多了一些常識，知道患者常以自我為中心，難以了解他人想法與情緒，容易生氣、焦慮。相對的，通常擁有專注、誠實、忠於自己、有毅力、具特殊才能的優點。歷史上英國文豪歐威爾、音樂天才莫札特、西方哲學泰斗康德等大師，都是亞斯伯格症候群患者。

我在幾次飯桌上閒聊中，的確注意到他在飯桌上會堅持只說自己有興趣的話題，重複別人的話，而且對別人的反應特別敏感，很在意別人的看法、嘲弄或挑剔，即使只是沒有惡意的嘲笑，他也會立刻變臉，起身就離開，留下一桌人面面相覷。

一九四四年維也納小兒科醫師亞斯伯格提出四位有社交互動缺失男孩案例，才讓亞斯伯格症開始受到注意。根據美國的統計，五百個孩子中就會有一個亞斯柏格症兒童，每千名七到十六歲的兒童中，約有三點六至七點一名為亞斯伯格症。比例上高於唐氏症一倍，但是社會上其實有很多沒被診斷出的亞斯柏格症患者，在職場上被誤認為情緒障礙或問題人物，或「白目」。雖然我不是醫生，也不知道這個芝加哥鼓手是否曾經接受過診斷，但我知道即使二、三十年前，還沒太多人知道什麼是高功能自閉症或亞斯伯格症，所以大部分的成人患者，有可能一輩子就只覺得自己很倒楣常會惹上麻煩，或是「容易犯小人」。

就像自閉症那樣，社會上一般對於亞斯柏格症兒童比較多了解，但是對於亞斯伯格症的成人，就很少去注意理解，因爲很多高功能的患者可以順利取得高學歷，在職場上是醫生，是律師，像中華民國自閉症基金會曾經邀請過擔任精神科醫師的L醫師現身說法，他自己就是一直到三十歲擔任住院醫師時，因特異言行，才被醫院精神科主任發現並診斷確認罹患亞斯伯格症。

亞斯柏格症不像自閉症，並沒有明顯的語言發展遲緩現象，甚至還有語言天才，但又符合其他類似自閉症的種種社會互動性或特殊行爲模式特徵，尤其在人際溝通方面有困難，因爲他們對抽象的、概念的學習有困難，表現在人際互動上會不容易把握分寸，要不是顯得過分熱絡，就是格格不入，雖然語言技巧沒有問題，但在人際溝通上有著很大的問題。

我立刻上網找到一些亞斯伯格症的資料，給我的團長朋友參考。

我試圖說服鼓手的突然出言不遜，很可能因爲執著特性所衍生的不知分寸，當要求不被接受時，會立即產生激烈情緒。他們對社會、別人感受的認知有困難，常想到就做，或對有興趣的事非常執著、投入，不知不覺中就容易傷害到別人，其實他們並不是有意去傷害別人。

有可能鼓手害怕做健康檢查的眞正原因，是擔心被診斷出症狀，因此失去這份工作。

我並且用家教老師朋友的例子，鼓勵他不妨和鼓手建立起友好關係，別急著記過處分，而是給予支持性、指引性的心理支持，這個工作機會或許會改變他的人生。

一旦信任關係建立以後，作爲團長的他就可以教導鼓手如何做社會判斷、社會應對的技巧和策略。因爲雖然用藥物醫療方面上可以提供基本協助，但最重要的還是必須靠整個大環境的支持和協助，因爲高功能的成人雖然某些障礙可能會隨長大而減小或有其他能力可以代替，應變的能力還是比較弱，仍需要旁人協助指導，所以雇主在工作變動時，應該給亞斯伯格症患者適當的準備過程，避免突然的變動造成適應困難。當然，父母或周圍的親友也不可太過關心，因爲過度的保護跟愛反而可能會妨礙其學習自立的能力，亞斯伯格症患者要自己學習獨立，這樣在父母親去世或失去親友家人的保護後，才能自立自強、自力更生。

不管芝加哥鼓手是不是醫學定義的亞斯伯格症，他在職場上面對著社會適應的困難，都是顯然的事實。我的朋友作爲鼓手的上司，面臨工作上的巨大顧客評分壓力，並沒有義務要犧牲整個樂團的表現，來幫助這個年輕人，大可跟總部反映，請他們隔天就換一個鼓手上船，但是如果他選擇做一些努力，說不定因此改變一個身陷徬徨的優秀年輕人的一生，問題是這個代價誰要承擔？對其他同事來說是否公平？我發現我沒有資格告訴鼓手的同事、上司、醫生，甚至鼓手本人應該怎麼想或是怎麼做，但是這件事情讓我思考，我有沒有道德責任或權力，試圖進一步幫助這個鼓手？如果今天這個年輕鼓手是我的下屬，是否我就有更多的責任或權力？我又會怎麼做決定？認爲我們有能力改變另一個人的生命，是否根本就是過度自大的想法？

誰敢拍胸脯說，自己就是正常人？「正常」有多麼絕對？正常是否比「不正常」更值得歌頌？這個世界，本來就多樣多彩，誰有權力告訴別人該如何過活？我們日常生活身邊，或許都已經遭遇不止一個這樣的天兵鼓手，重要的是，在遠近親疏如此交織的世界上，我們在非親非故的陌生人生命裡，要如何扮演適當的角色？

很多時候，眞正需要幫助的人，通常不在機構裡，也不在ＮＧＯ或基金會舉辦的活動會場上，但是像我以一個ＮＧＯ工作者自詡，在生活場景中遇到可能需要幫助的人，又該怎麼做？做多少？我應該在閒談中無意透露一點我對亞斯伯格症患者的相處經驗，讓他知道如果需要有人聊聊的時候，我會傾聽嗎？

有時候，我希望我做的所有決定都是對的，但我也知道那是幾乎不可能，也沒有必要的。

鼓手，祝你好運！我去買件黑襯衫送給你吧！

# 不治病的尊嚴診所

19

每天多愛地球一點點

美國有一個著名的假報紙，叫做ONION，這份免費的「洋蔥報」是一九八八年兩個威斯康辛州立大學的大三學生創辦的，雖然報上刊登的都是荒謬的假新聞，但是因爲諷刺時事，直指人心，因此相當受到歡迎，除了發行七十萬份實體報紙之外，忠實上網閱讀的讀者點擊率更高，景氣好的時候曾經還風靡到舊金山等地，衍生成地方版。

無獨有偶，泰國的兩份英文日報當中，有一份比較左派的叫做THE NATION，國家報的記者有時候程度很差，眞的新聞也被寫得像假的一樣，感覺上像在看洋蔥報，結果二〇〇七年有住在當地的外國人，或許是受到洋蔥報的啓發，索性辦了一份網上的假報紙，叫做www.nothenation.com，直接翻成「不是那份國家報」，內容不但詼諧爆笑也很反映現實，最厲害的是就連廣告都是假的，最近當到處都在嚴肅地討論如何減低碳足印的時候，編輯也寫了一篇訃聞，報導住在英國43歲的史賓瑟先生，因爲被巴士意外撞死，英年早逝，他的遺孀驕傲的宣布丈夫因早死而減少了12%的碳足印（http://notthenation.com/pages/news/getnews.php?id=800）。

笑話歸笑話，但若按照現在的節能減碳趨勢，有人哪天開一家公司，專門收購人類因爲英年早逝折算而成的碳權，轉賣給需要碳權的企業，大概也不會讓人太意外吧？

假的新聞像眞的，但是眞的新聞有時又太超乎現實想像，反而比較像假的。

二〇〇九年七月中，英國著名的85歲指揮家Edward Downes爵士，半聾，幾乎全盲，攜手跟他74歲罹患癌症末期的妻子Joan，兩個人到瑞士的蘇黎世，在兒女的陪同見證下，兩人交杯喝下致命的毒藥，選擇以保持尊嚴的方式一同結束了受苦的生命。

這是千眞萬確眞實的故事。

在大部分的西方國家，自殺本身並不是犯罪，但協助他人自殺卻是犯罪行爲。無論選擇生存或選擇死亡，都是多麼個人而又複雜的決定，法律再怎麼完備，也不能夠正確的規範生命。難怪瑞士估計每年有至少一百個選擇死亡的「自殺旅客」，到瑞士專門的Dignitas尊嚴診所來結束生命，Dignitas尊嚴診所在瑞士當地之所以合法，是因爲它沒有營利性的商業行爲，收取顧客的一萬瑞士法郎，全數捐給慈善機構。

試想，一個畢生以韋瓦第與華格納的音樂爲生命的年邁指揮家，再也看不見也聽不到，這種痛苦恐怕比癌症本身還要巨大，但是在英國可能通過的新法律規範下，絕症病人可以選擇死亡，但其他生不如死的人卻因爲不是絕症而資格不符。

除了瑞士之外，比利時、荷蘭、盧森堡、美國的華盛頓州和奧勒岡州，也有類似的合法自殺協助機制，但是面臨的爭議之大可想而知。

問題是：誰有資格決定生死？

我們應該可以自己決定嗎？

法律有權力爲我們決定嗎？

那麼宗教呢？

醫生可以爲我們決定嗎？

還是我們的家人？

英國警方已經至少有一百個類似愛德華爵士和妻子的自殺調查案件，想當然耳，沒有人被起訴，但是隨著更嚴格立法的通過，以及自殺旅客數量的增加，誰知道未來會如何？如果英國新法案通過，指揮家的妻子Joan因爲癌症末期，將被允許自殺，但是指揮家即使又聾又啞，而且無法忍受結褵五十四年最愛的另一半病逝後孤獨的人生，卻只因不是絕症將不被准許，難道公平嗎？

23歲的英國橄欖球員Daniel James也不能經由協助自殺，即使他在球場意外中半身不遂後，一心求死，但他卻連自殺的力量都沒有，把一個只想在運動場上馳騁的運動員，強迫臥床多活六十年，難道不比無期徒刑更殘忍嗎？

把畢生的積蓄，最後花在加護病房或療養院，難道是我們畢生辛苦工作的目的嗎？

如果能夠讓受苦的人選擇平靜，不拖泥帶水，又能保持尊嚴的死亡，難道是等同於犯謀殺罪的壞事嗎？

除了指揮家夫婦的兩個兒女之外，事前沒有任何親朋好友曉得他們的計畫，自然也就沒有辦個轟轟烈烈的告別派對，就連事後的喪禮也沒有。但他們的生命卻因此餘音繞梁，讓十萬里外陌生的我也聆聽到他們生命的最後樂章。

如果人身後可以捐贈器官和大體，那麼把少活的歲月，換算成減少對地球傷害的碳權，轉賣給需要製造污染的企業，讓我們在消耗能源和製造污染的過程當中，體會到你我之所以能活著是因爲別人貢獻出自己的生命，換得每日需要消耗的資源，又有什麼不對？

如果可以選擇，我希望能夠照料自己，不希望變成社會的負擔，一旦需要臥床或連如廁翻身都需要專人伺候，或根本失去自主意識，那大可不必眷戀這個世界。把剩下的一萬塊瑞士法郎（相當台幣三十萬元），拿來交付給尊嚴診所的醫師，知道此生最後的一筆消費，會捐給需要幫助的人，而不是用來付給加護病房或救護車的費用，不會變成遺族爭奪的遺產，也不再佔用額外的社會資源，這大概也是美德吧？
凡是生命都有盡頭，換作是你，又會怎麼做？

## [發現02]
# 年輕就開始環遊世界
# Q&A

### 一、Q妹

請問褚士瑩在去了這麼多國家後，最喜歡的國家是哪裡呢？

褚：全世界最有趣的國家是巴哈馬群島附近的Grand Turk and Caicos（發音是「K卡斯」），這個超級小國因爲政府貪污腐敗太嚴重，二〇〇九年夏天被英國取消獨立主權，收回去變成殖民地，好像壞學生被留校察看一樣，眞是太發人深省了。

只能說一個嗎？

另外有一個在南太平洋模里西斯附近的小國叫做Kiribati（發音是「吉里巴斯」），明明是「-ti」可是卻發成「斯」的音，眞是太酷了。這個國家只有十萬人，但是因爲氣候變遷，島一直沉沒中，他們的總統Tong（湯安諾）先生除了到聯合國到處宣導地球暖化的可怕之外，還到處遊說各國接收他的國民，目前澳洲跟紐西蘭，每年都隨機抽籤，抽到的四十七個吉里巴斯國的國民，就能免費搬到海水淹不到的紐澳，總統先生希望全世界每個國家都能夠有同樣的移民政策，這樣等二十年後滅島之前，就可以完成「國民〇人」的志願了。

## 二、芸婕

環遊世界的條件，除了錢和時間之外，還有什麼？

褚：傻孩子，當然這一切都是命！

有些人有環遊世界的命，有些人沒有。有這種命的人，就像我一樣，走到哪裡都可以好吃好睡；但是沒這種命的人，就只能帶泡麵跟褪黑激素去旅行，等這兩樣東西吃完以後，就會又拉肚子又失眠，最後又餓又累爬回來，所以想要環遊世界，只能說「網路無眞愛，命好不怕運來磨」。（還是「網路無國界」？有點忘記了。）

## 三、MIniming

怎麼辦到的啊？

這樣要花很多錢吧？

褚：當然要花很多錢啊！這還用說！但是很多人投資股票也要很多錢，買大樂透也要花很多錢，買豪宅也要花很多錢（而且裝潢豪宅總不能都買IKEA的家具來擺吧？好歹也要一兩幅畢卡索的眞跡才能相配），我每次看新聞的時候腦海也常常浮現這個問題，「他們是怎麼辦到的啊？」因爲旅行的錢無論再多，也都是這些嗜好的零頭而已，想想看一張環遊世界的年票，便宜的也只要台幣七、八萬塊，相較起來，眞是太寒酸了，好害羞好害羞好害羞～～～～啊！

## 四、緯泰

不會覺得一直都沒有待在一個地方一段時間很可惜嗎？

不會想為某個地方做一些長時間的事嗎（例如台灣或其他地區）？

褚：難道一直都待在同一個地方就可以撈本嗎？這是什麼奇怪的想法啊！待在某個地方做一些長時間的事，這應該比較像公務員會有的想法吧？難怪地球上有很多人瑞，一定是覺得來世界這麼一遭，沒有待久一點很可惜，所以不知不覺就活到一百多歲。

可是話說回來，誰知道離開這個世界以後，會有什麼精彩的事物在未知的彼端等著我們呢？抱著這樣的想法，就不會很怕死了吧？我覺得旅行就像生命本身，也無非就是張開雙手，衷心迎接各種改變，好事就會自然而然發生了。

## 五、洛基

有想過到地球以外旅行嗎？

褚：最近看到一段綜藝節目的採訪，受訪者參加過很多選美，其中包括很多名稱聽起來就不可思議的選美比賽，而且還在「地球小姐」選拔中勝出，主持人吃驚地問她：「地球小姐的優勝者難道是代表地球去參加銀河系小姐，跟土星、木星同台競美嗎？」

受到這位佳麗雄心壯志的啓發，雖然我沒有姿色，但是起碼可以開始努力存維京航空的里程，等存到一百萬英里里程的時候，就可以用里程換免費的太空之旅。

另外値得一提的是，這位地球小姐說整形以前追她的都騎摩托車，整形後追她的男人都開雙B，希望未來她的追求者不是像WALL-E這種破舊的爛機器人，而是有私人豪華太空船的才好，不然每次要回地球探親就太不方便了。這樣一想，可能學習化太空妝，努力打敗Roger應徵去當地球小姐的彩妝師，出大氣層去參加「宇宙小姐」的選拔賽，比我存里程換太空之旅的機票更容易一些，嗯，就這樣決定了！

## 六、Shyang

經費何來？

我所能了解的是一般簡單的自助旅行，雖然在花費上相對來說會比較便宜，然而長期的多次旅行所需的費用也必然相當可觀才是，請問您對於旅遊經費部分是如何籌劃的？又或者該如何籌劃？再者，對於一般人（學生或上班族）來說，又該如何規劃多天或多次的旅遊行程？

褚：投資專家不是都鼓勵大家要定時定額嗎？我覺得準備旅行的基金有

一點像投資，要有紀律；也有點像買保險，越早買保費越低——越早開始旅行，旅費也就越便宜，畢竟年輕時可以背著背包，擠在AirAsia的便宜座艙也不在乎，吃住即使再簡約也興致盎然，但是年紀漸長，就想坐商務艙，想住超六星精品旅館，想吃米其林三星主廚的美食，要獲得跟年輕旅行時同樣的滿足，代價就高出許多了（切身之痛）。

另外，如果說從年輕就買足額的保險，可以說是一個負責的（死）人能夠給心愛的家人最好的投資，那麼三十歲以前讓自己有一段至少三個月的大旅行，就是一個負責的（活）人能夠給自己的人生最好的投資，既然是對人生的投資，自然就不能當成一般的「經費」來看囉！

## 七、雲

請問：

您都是以什麼心情離開一地？

又以什麼心情再拜訪新的地方？

一個人在外流浪的心情如何？

語言的問題您如何解決？

父母若反對該如何溝通？

褚：雲，請問你是在寫一首充滿問號的詩嗎？

每次都以「放心吧，我一定還要再回來」的心情離開一地，

用「我竟然能活著等到這一天到來」的心情造訪每一個新地方，

語言的問題，當然是用學習語言來解決。

父母反對？先把自己房間整理好，常常幫媽媽倒垃圾，自己學會燙衣服，每週煮一頓飯給家人吃，每個月用自己辛苦打工賺的錢意思意思包個紅包孝敬父母，再看看父母反不反對？

## 八、Yichun

1.能在旅行中做公益、培養國際觀真的是非常棒的工作。對於有意願進入國際性非營利組織工作的人，您有什麼樣的建議呢？曾經聽老師說最好的方式是從志工做起，或先進入小規模的組織累積經驗；但對於有經濟壓力的人來說，這樣的過程似乎有點漫長。

2.目前台灣非營利組織研究的相關系所不多，對於這樣的文憑是否真的能順利找到工作可能大部分的人有點疑慮；另外我觀察到很多都是在業界累積經驗、資本後再轉換跑道的，您是否也建議這樣的模式比較適合呢？謝謝回覆！

褚：1.老師是對的，從學生時代就到未來想要進入的國際組織（或同類型的當地組織，莫以善小而不爲），從當義工起步，養成服務的習慣，是進入ＩＮＧＯ最標準的路程，如果覺得經濟上無法負擔的話，那就要有傲人的專業能力跟豐富的專業經驗，這樣無論到哪裡都可以橫著走啦！如果既沒有專業又沒有經驗也不願意當義工，我看……嗯……還是不要害人害己比較好吧？

2.有空的話到www.idealist.org的網站去看看各個國際ＮＧＯ組織需要僱用的人才，都是些什麼樣的背景，相信你的問題就會有很清楚的答案了。尋找人生方向，追尋夢想，這麼重大的事情，怎麼能不自己好好做點功課，等著別人建議呢？這樣也未免太偷懶了吧？（白旗）

## 九、cwen

有遇過火星人嗎？

褚：請見我對樓上洛基桑（不是洛杉磯喔）的精闢回答。

## 十、燕子寶包

請告訴我三樣，所有的旅行中你最難忘的事情。

P.S.不包括在台灣的旅行喔。

褚：1.體驗過德國漢莎航空公司在德國法蘭克福的頭等艙專用航廈的全套服務後，讓我體會到旅行奢華的極致，原來也不過如此，從此心甘情願搭經濟艙，心態超成熟，見山是山，見水是水，見飛機是飛機。

2.緬甸風災後，跪在地上的志工們，恭恭敬敬地將賑災捐贈物資頂在頭上，讓災民排隊領取時除了物質，也讓脆弱的心靈不因接受施捨而受到二次傷害，讓我深深感動。同樣一件事情，「最後一里（last mile）」做得粗糙或細緻，原來有天與地的差別。光有滿腔的善意，往往是沒有用的。

3.帶著在台灣認養的流浪狗，經過數百道手續，千里迢迢經過東京，芝加哥，終於帶到美國波士頓，只是爲了給一個不幸的生命重生的機會，讓我體會到要爲另外一個生命帶來一點點幸福，原來是件那麼困難的事，好好活著眞的要很努力啊。

# 靠洗腎環遊世界的人

## 20

每天多愛地球一點點

### 不可思議的職業

常常有讀者問，要怎麼找到一個可以旅行，同時可以賺錢，又可以對世界有幫助的工作，雖然我不斷強調，「各行各業都有著這樣的角色，等著我們在追尋夢想的路上去發現」，但永遠還是有幾個人，希望我直接給他們一個清楚的答案，一個徵才的網站，加上幾封推薦信，跟十個連絡人，好像對我的回答不耐煩。

「如果你那麼確定，去去去！趕快幫我找一個吧！去的地方要好玩，還有，錢不能太少喔！對了，最好還可以預先幫我把卡債付掉，對啊！他們不是要做好事的嗎？就先幫我吧！先謝啦！」

每次遇到這樣的人，我雖然表面微笑，裝作思考的樣子，其實正幻想著把對方的頸子扭斷，這樣的人，鮮少想到自己是否具備專業能力，雖然宣稱追尋夢想，卻懶得做功課，滿腦子想著自己幻想中的完美生活，關心自己，卻很少想到別人，就算哪天面前擺著一個如此完美的工作，恐怕也沒有完美的個性跟能力，可以匹配這份有意義的工作。

我最近認識的一個新朋友，他簡直就是那個每次我在演講上，面對許多充滿夢想卻又充滿懷疑的年輕人時，想要給他們看的活生生的證據。

他是個靠著幫人洗腎環遊世界的男人。

他的名字叫Frank，今年已經五十多歲了，全職工作是在豪華郵輪上幫需要的病患每隔一天洗腎，像這樣的「海上洗腎公司」，目前全世界就只有這麼一家，這家公司裡，全職的護理人員，也就只有他一個，意思就是說，我認識的Frank，是全世界唯一一個靠洗腎的本領，全職在海上一面旅行，一面幫助需要的病患，一面賺錢的人！

「我也從來沒有想到，當一個護士，會當到可以用最時尚的方式免費環遊世界！」

朋友介紹我們認識的那天，他工作的船正好停泊在希臘的Santorini，因爲船上只有五個病患，而且只需要每隔一天洗腎一次，所以做一休一，就跟著玩了起來。當時我就對他的工作留下了很深刻的印象，還要了網站，當天就上網看了好久，因爲我父親的腎臟功能也逐漸下降，目前只剩下35%左右的功能，遲早會面臨洗腎的問題，到時候的生活品質，恐怕會受到很大的影響，但是Frank的公司，卻給了我一個洗腎病人也可以過正常生活的新希望。

最近我們在同一艘船上又碰面，在俄羅斯黑海的度假勝地Sochi那天，我們喝完下午茶，他帶我去看他船上洗腎的儀器，並且聊他的工作。

## 從理髮師變海上護士

從十八歲高中畢業開始，Frank就沒有繼續升學，在密西根當了十年的救護人員（就是「瘋台灣」的主持人Jeanet提到的有執照的、會坐在救護車裡面的那種人），但每天面對不是車禍就是兇殺現場，要不然就是心臟病發，終於覺得倦怠，決定轉行，趁還年輕離開冬天陰鬱的中西部，搬到終年充滿陽光的佛羅里達，成了理髮師，可是沒想到每到夏天，避寒的度假客人離開後，理容院的生意就清淡地無法維生，爲了增加收入，看到報紙上一則診所徵洗腎技師的小廣告（「待遇優，無經驗可」的那種），就眞的去應徵，從此白天洗腎，晚上繼續剪頭髮，到了一九九〇年，他決定把僅有的存款拿來投資自己，花一年時間去念職業課程，成爲有執照的洗腎技師。

這樣過了幾年，Frank發現有護士執照的，雖然同樣在診所做一樣的事情，但是賺得卻多很多，於是就發憤圖強，繼續用理髮師跟洗腎的存款，在業餘花了兩年半拿到二專學歷，二〇〇三年終於成爲有照護士（在美國四年制的大學跟二專都可以取得護士執照，待遇差不多，但是如果想升護士長，就非得有大學學歷不可），他回憶當時的情形：

「班上大多都是18、19歲的小女生，只有我一個將近50歲的老男人，眞的是不想突出也很難！」

成爲護士開始在診所實習時，Frank發現因爲佛羅里達是很多郵輪的停靠站，每次船上臨時有缺護士的時候，就會就近找岸上診所裡願意臨時排班者，雖然沒有薪水，代價是免費郵輪假期，嘗試了兩三次後，接觸到海上洗腎的Dialysis at Sea這家成立30年的海上洗腎公司，他告訴老闆，如果可以支付薪水的話，他願意擔任全職，就這樣二〇〇五年五月開始，成爲海上第一個也是至今唯一一個洗腎護士，轉業的那年剛好五十歲。

「我從小就想要旅行，但是從來沒想到護士資格，可以讓夢想成眞，」法蘭克說，「我想我的故事告訴大家的是：追尋夢想，永遠不嫌太遲。」

## 海上怎麼洗腎？

我到船上的洗腎中心（場地是跟郵輪租的一間醫護室），看到各式各樣的精密儀器，看起來就有點嚇人，聽說護士一般需要六個月學習如何洗腎，市面上有六、七種不同的機種，每種操作都不大一樣，至少在陸地上有兩年同機種的洗腎經驗，才可以到海上工作，因爲萬一儀器有什麼差錯的話，如果是陌生的機型，一般的護士可能會束手無策。

一艘郵輪配置四台機器，平均病患洗腎是一週三次，每人每次要花三、四個小時，一天最多可以洗四個患者，也就是說每艘船最多可以接受十六個洗腎的顧客。

我看了這些笨重的機器以後，就知道爲什麼這個領域沒有競爭對手了，因爲一台機器要兩萬美金，如果隨時要維持在四艘不同的郵輪上都能洗腎的話，公司就要擁有35~40台機器調度，還要養兩台大卡車，專門將機器從佛羅里達運到美國其他港口，除了運費還有船上的場地租金，護士跟醫生的房間費用，不是簡單可以賺的錢啊（這樣想起來，寫稿眞的比較輕鬆說）！

「美國的醫療保險通常沒有包括洗腎，自費洗腎一次平均要五百~六百美金，如果是七天的郵輪行程，我們如果加收一千美金，以一週三次來算的話，價格並沒有比陸地上貴。（「就算洗四次，價錢也一樣喔！」Frank說，但是我相信洗腎這種事，再怎麼歐巴桑性格的，也不會特地多洗幾次撈本的吧？）如果病情有變化，與岸上的醫生連絡，腎臟科專門醫生特地在船上看診也是免費的，有時候也會需要讓病患中途下船就醫診治。

「我會看行程，彈性決定什麼時候幫患者洗腎，如果他們千里迢迢來了以色列，到了埃及，卻因爲要配合洗腎的時間，不能去參觀，那不是很嘔嗎？」

我看，是Frank自己會很嘔吧？不過，皆大歡喜有何不可！

洗腎患者可以事先在網站上面選擇行程，五個就成團（有點像團購），只要一艘船上有足夠的病友報名，Frank的公司就派人隨船服務。因爲在船上可以洗腎，因此病患從此也可以像正常人那樣愉快的出遠門旅行，無後顧之憂。這樣的服務，不需要是跨國的大財團，也不需要是慈善團體，即使只是個小公司，只要有設備，跟郵輪公司協調好，找到一個良好的營運模式，就能達到互惠雙贏。孟加拉的社會企業家，也是二〇〇六年度諾貝爾和平獎得主的尤努斯博士不斷倡導的Social Business，不正是如此嗎？

Frank不知道什麼叫做社會企業，但是來自世界各地很多跟他合作的專科醫生跟護士，聽說可以每天花幾個小時幫病患洗腎（平常每天就在做的事），就可以換來一趟免費豪華郵輪的夢幻航海假期，因此趨之若鶩，有多少人一面享受休假時，還可以用自己的專業幫助別人？每一個環節接觸到的人，都因此成了受益者。

## 永遠不會太遲

Frank成爲海上洗腎公司的護士長（Nurse Manager）已經將近五年的時間，但是他還繼續自修護理系的學士學位，只要哪一科念完以後，去考試中心（test center）考試，通過了就可以把學分寄到發放學籍的大學。

「這樣比遠距教學的課程還要便宜喔！」求學路程都靠半工半讀的Frank說。

一年到頭環遊世界，有時候也不是那麼寫意的事。

「雖然已經預先知道全年的時間表，但是一年只有八個禮拜在家，有時候還是會思鄉。」

當問到Frank他會不會想要回到陸地上的診所工作，他笑著說：

「在陸地上的診所，患者來洗腎是因爲他們不得不來，但是在海上，卻是因爲自己想才會來，所以雖然我做一樣的事——洗腎，但在這裡，我接觸到的每個病人都是開開心心，充滿感謝的，也因此結交了世界各地的好朋友，那種成就感，是在陸地上不能比擬的！」

場景回到讀者跟我的對話。

「去www.idealist.org這個網站搜尋看看吧！」好不容易回過神後的我，最後只好對渴望答案的讀者這麼說。

「看符合自己專長的領域，他們需要的條件是什麼，這樣就比較容易知道應該從哪裡加強準備。」

看到他們認眞的抄下來，我知道隔天，他們又要問我，看英文的網站太累了，有沒有中文的網站。

「趕快趕快告訴我，別拖拖拉拉，我的夢想還在等待哪！」我彷彿聽到焦躁的聲音在催促我。

我有個在公益旅行領域經營很多年的朋友Connie，他對人永遠有飽滿的信心，讓我感到很慚愧，他說的一段話在這時候帶給我很大的安慰：「人品好的人，旅行可以改變世界；旅行多的人，人品因旅行而改變。」

有了這句話的鼓勵，我才有繼續面對同樣的問題而不至於抓狂的能力，因爲我相信，不管一個人開始做公益的動機是眞心的還是虛假的，接觸久了以後，假的也會變成眞的，更何況是一個可以賺錢又可以環遊世界的機會？

下一次，請記得別劈頭就問我你應該做什麼，才可以也像Frank「這麼幸運」，我只會（很誠心的）請你去www.idealist.org查查看再說，但是如果你也像Frank那麼努力，我會很樂意和你討論。

# 桑葉涼茶

## 21

每天多愛地球一點點

「……就像綠豆配螃蟹。」

母親吃了一口百合蘆筍蝦仁，突然沒頭沒尾說出奇妙的話。

「媽，這是河蝦，不是蟹。」姊姊說。

母親把湯匙裡的菜送進口裡，嚼了兩下又說：

「混著吃有毒的。」

「是嗎？沒聽說過。」我看了一眼蘆筍說，「有什麼科學根據嗎？」

「對了，不是有人說栗子跟鴨肉混著吃，也會中毒嗎？」姊姊說，「還好我喜歡的是芋頭鴨，芋泥鴨做得好的話，超好吃的。」

「拜託！正好在同一餐吃到綠豆跟螃蟹，栗子跟鴨的機率，也未免太小了吧？」我不以爲然的說，一面伸出筷子。

「總之，我要跟你爸離婚。」

母親在飯桌上忽然冒出這麼一句，本來我伸了手要拿一塊蔥燒鯽魚的，筷子不得不停在空中，上也不是下也不是。

「爲什麼？都五十年的老夫老妻了。」我和姊姊趕快打圓場。

「就是因爲五十年了，這輩子跟他吃了那麼多苦，還對我冷嘲熱諷，現在你們都大了，再也不用擔心你們的心理健康，我沒必要再忍受下去！」

「老爸，這到底是怎麼回事？」姊姊轉頭問父親。

父親聳聳肩，一副無辜的樣子。

「我告訴你們吧，昨天晚上我累了一天，回到家才發現把鑰匙插在你哥哥家門上忘了拔下來，我不就說腿痠，請你爸出門散步的時候，順便幫我拿回來，你們知道他竟然說什麼嗎？」

本來我就沒想問，但是姊姊推了我一下，我只好接話說：

「說了什麼？」

「他竟然說：我不走那條路線！」

「什麼路線？資本主義路線嗎？我忍不住裝白痴回嘴，終於吃到了蔥燒鯽魚，結果一點都不好吃。「誰那麼沒眼光選敘香園的？」

姊姊用腳在桌子底下踢了我一下，我也不甘示弱唉叫了一聲：

「很痛耶！踢我幹嘛？」

今天我們特地回家慶祝父母五十周年的結婚紀念，三個兄弟姊妹除了哥哥一家外全部到齊，因爲他們今天出門旅行去了，所以聽說他們昨天晚餐另外慶祝了一攤。

「胡說八道，」父親終於開口，「根本不是這麼回事！」

「還敢說不是，那你說說看！」母親回頭對我們說，「你爸他現在根本是老人痴呆，什麼都記不得！」

「事實上是，昨天晚上你哥哥請我們去他家吃飯，吃完飯以後我們一起走路回家，出門後她莫名其妙交給我兩小包東西，我記得很清楚，一個是紅色的塑膠袋，另一個白色網袋，我問你媽這要幹什麼，她說是垃圾，叫我拿著走到幾個路口外的公車站牌，那裡有個行人垃圾箱，去扔了再回家，我說現在要回家，不走那條路線，等會晚點出門散步運動的時候再去，不過就這樣而已，怎麼變成這樣，我也是第一次聽到！」

我們兩姊弟面面相覷。

「你們兩個確定說的是同一回事嗎？」

我突然覺得自己像阿富汗山區村子裡仲裁糾紛的長老，面對兩個各說各話的刁民，穆罕默德說山羊是他的，薩伊德卻說山羊早在十一個月前就抵債過給債主。

母親說：「你爸明明知道我昨天累了一整天，最近腿又不好，瘦疼得走不動了，只是要他幫個小忙，他卻一句我不走那條路線就一口回絕，換作是你們遇到這麼自私的人，能夠忍下這口氣嗎？」

穆罕默德昨天拿了欠錢來要跟薩伊德把羊換回來，薩伊德說他已經養了快一整年，怎麼可以平白無故給他，於是兩個人就鬧到長老那裡協調，雖然長老的決議對任何人都沒有百分之百的約束力，但多數社眾仍會尊重長老的決定。台灣的雅美族（亦稱達悟族）也相當類似，部落內之糾紛若不服長老仲裁，爭議兩造常各引親戚爲奧援，互相對抗或致流血鬥毆，力弱者乃不得不退讓。但因肇生事端的兩造須償付爲其流血者金銀珠寶及豬羊肉、芋頭，開銷十分龐大，一般人也未必因族大勢盛而輕啓爭端。

當然，戰士們要記得，芋頭跟香蕉也不可以混在一起吃，會腹脹。吃了豬肉又吃田螺，那就更慘了，聽說會眉毛脫落，那很醜的。

「我累了一整天，」母親看沒人反應，怕我們沒聽清楚，又說了一遍，「腿瘦疼得走不動了，只是請他幫一個小忙，他卻一句『我不走那條路線』一口回絕，換成是你，嘔氣不嘔？」

「哪裡是這樣？我只是穿拖鞋不好走，想回家換上球鞋後，才去扔垃圾，這樣也不行嗎？」父親露出被冤枉的神情，不得不辯解。

「你們到底在說拿鑰匙還是倒垃圾？我都搞糊塗了。」姊姊說。

「我也是，」我立刻附和，「倒垃圾爲什麼不等著六點半垃圾車來收，特地要拿去幾條街外的行人垃圾桶扔呢？」

「拜託，兒子啊！是七點鐘，不是六點半，你從來沒倒過垃圾，連垃圾車幾點來都不曉得，跟你爸一個樣，有其父必有其子！」

「好，管他六點半還是七點，爲什麼不讓垃圾車收走？」

「因爲已經過了七點鐘垃圾的收集時間，我又不想讓一點點廚餘留在你哥哥家隔夜發臭……」母親說。

「停停停，媽，」姊姊阻止我們說下去，「妳不是本來在說鑰匙的嗎？」

「你們不明白，我從頭說給你們聽。」母親嘆了口氣，好像我們反應遲鈍也都是父親那邊的基因遺傳。「那天我買了蒜苗、豬大腸、鴨血、酸白菜、薑末、蒜片，要帶到妳哥哥家讓歐巴桑做那個……什麼來著？」

「腸旺。」

「對，腸旺，大包小包，扛得腿都瘦了，到了路口的教會，突然看到有人在綑砍下來的桑樹枝，我趕快過去說：

『給我帶兩根回去熬涼茶吧！』

「那人說，這砍下來一陣子了，已經枯萎了不大好，妳要的話我再另外砍兩根新鮮的給妳吧！」

「那個人眞好心，搬了梯子，特地爲了我爬到屋頂，又砍了兩大枝桑樹要給我。

「這麼大把，我要怎麼扛回家？

「那個人眞好，不怕麻煩又去拿了鐮刀，把桑樹砍成一小截一小截，正好可以放進鍋子裡熬的大小，可是我還是拿不動，於是我把剛買的蒜苗、豬大腸、鴨血、酸白菜、薑末、蒜片，從手上的環保購物袋裡拿出來，放進紅背包裡，這樣購物袋就可以拿來放桑樹枝了，可是放不到一半，袋子就滿了。

『太太，那這樣吧，我幫妳把剩下的留在車庫旁邊，待會妳再過來拿也可以。』那好心的工人說。

「我一想也好，就把東西先拿回家放——」

「等一等，回誰家？妳家還是妳兒子家？」姊姊打岔。

「當然是我兒子家啊！因爲兒子家的歐巴桑要做晚飯，我們晚上要在那兒吃。

「因爲手上大包小包，沒辦法找鑰匙開門，所以我就把紅背包隨手掛在門口的腳踏車上，拿著鑰匙跟兩個空塑膠袋，就又回頭去拿剩下的桑葉，裝完了以後，才發現就算分成兩袋，還是沉甸甸的，快拿不動了，就在這時候，在路上遇到妳哥哥以前同學的媽媽，還有一個住在隔壁巷子的鄰居，他們問我手上提那麼沉是什麼寶貝，我說桑葉，熬涼茶退火的，他們說如果眞的那麼有效，也想要回去試試看，於是我分成三份，一人拿了一袋……」

「這也未免講得太仔細了吧？媽，這眞的跟爸要離婚的事情很有關係嗎？」我狐疑的說。

「噓！」姊使了個眼色，低聲說：「別插嘴，找死啊？」

「當然有關係，你們看連這些陌生人都對我這麼好，自己的丈夫卻這樣對我，你們說能不氣嗎？回到家後……」

「誰家？」

當然還是妳哥哥家，我開了門，因爲東西太重了，兩隻手都沒空，就先把鑰匙留在門上，想說放好東西回頭再來拔，結果東西拎進門以後就忘了，交代完歐巴桑晚上要做腸旺，就回家去，回到家門口才發現沒鑰匙，於是按了電鈴，你爸爸在家幫我開了門進去，我才發現紅背包也不見了，緊張得半死，不曉得是不是遺留在教會的桑樹下，還是車庫邊，因爲裡面有兩家人的鑰匙，還有錢包跟證件，趕緊打電話到妳哥哥家，問歐巴桑是不是有看到我的紅背包，她四處看了一下，說是沒看到，就掛了電話……

「放下電話以後，我越來越緊張，但要再出門走到教會，腿又走不動了，於是又打了一個電話給歐巴桑：

『拜託妳一定幫我再仔細找找好嗎？屋子裡外都找找看，裡面有兩家人的鑰匙跟錢包還有證件，掉了可麻煩透頂！』

「歐巴桑找了好一會，說有了，在門口的腳踏車上面，一聽到沒丟，我就放心了，跟歐巴桑交代裡面有剛買的蒜苗、豬大腸、鴨血、酸白菜、薑末、蒜片，晚飯要做腸旺的材料都在裡頭，其他東西就等我晚上過去吃完了飯再拿，省得多跑一趟，因爲腿痠得不得了啊！

「吃過飯後，剩下一點廚餘，我想隔天妳哥哥他們一家人要出遠門外宿，垃圾留在那裡會發臭，因爲腿還是痠，就請妳爸爸順路走到兩個路口外，把廚餘扔在行人專用的垃圾桶再回家，他老大爺竟然不願意，接過那一袋垃圾一言不發就往家裡走，眞讓人生氣！

「到了家，我才發現紅背包還是忘了拿，於是請妳爸爸待會丟垃圾的時候，再順便去幫我拿回來，以免隔天早上妳哥哥他們一家都出遠門，歐巴桑也不在，沒人幫我開門，就沒法拿了，結果他竟然不顧我腳疼，冷冷地說『我不走那條路線』就封住我的嘴，你們說過不過分？」

「事情根本不是這樣的。」輪到父親開口了。

「那天傍晚去妳哥哥家吃飯，我比妳媽先到幾分鐘，看到門上插著鑰匙，想說一定是她又忘了拿，所以就先拔下來，等她到的時候，就立刻交給她了，」

「吃完飯後，她要我繞個老遠，只爲了去丟一小包廚餘，我穿那雙拖鞋走太遠腳會疼，想說先回家換雙好走的運動鞋後再去，於是說現在不走那條路，妳媽就暴跳如雷了，也不聽我解釋。

「回到家，她發現紅背包忘了拿，我立刻出門回去妳哥哥家，幫她把背包拿回家，然後才又拿了那包廚餘出門去扔，順便散步運動一下，不過就是沒照她的意思先扔垃圾罷了，就氣成那樣，鑰匙也給她了，背包也幫她拿了，垃圾也倒了，還有什麼不滿意的？竟然跟兒女告狀說我精神虐待！」

「才不是這樣的，拿鑰匙是在紅背包拿回來以後的事，背包打開以後找不到鑰匙，我才想到是之前插在門上沒拿下來，又叫你去幫我拿的。」母親立刻抗議。

「如果眞是這樣的話，那這個老公很棒耶！」姊姊打起圓場，「已經爲了妳多走了兩趟，一趟拿背包一趟拿鑰匙，又走了第三趟扔垃圾，聽起來眞是體貼，換成是我老公，呸！想都別想……」

「不是不是，我一共只走了兩趟，不是三趟。」父親急忙澄清。

「這樣的丈夫還叫好？只是請他拿個鑰匙，竟然說『我不走那條路線』，這話是人說的嗎？就連陌生人對我都比他對我好……」

「就早說不是這麼回事了，妳要我穿著拖鞋去老遠扔垃圾，我說現在不走那條路線，等一會散步的時候再一起扔……」

「你們說，這種人，還能跟他一起過下半輩子嗎？」母親氣得滿面通紅，「你們受得了的話，你們自己接去住吧！」

這時我的手機響了，宛如得救般立刻拿起來一看，是好友瑪姬打電話來。

「怎麼有空打給我？」

我知道她弟弟最近才剛因爲感情問題自殺，我們都很遺憾。因爲怕掃興，所以這事我一直沒跟家裡其他人提。

「今天做七，弟弟的女朋友來，我做了烤肉請她留下來吃飯，才剛忙完。」

「……不怪嗎？」

「如果不讓她來弔唁，那豈不是更怪？難道要她一輩子內疚嗎？不如趁我爸媽不在，讓她來上個香，順便一起吃個飯……」

「妳眞了不起。」我衷心感動地讚許瑪姬的成熟。

「那你呢？」瑪姬反問，「在忙什麼？」

「嗯……」我看著還繼續在把自己比喻成不知是無辜的綠豆還是螃蟹的兩個人，「完全沒在幹什麼。」

「……妳品格眞好，」我忍不住又補充了一句，「敬佩敬佩。」

「這婚離定了！」放下電話，聽到母親憤憤地回到了一開始的結論。

爲了改變話題，我簡單說了一下瑪姬家變的事情，母親瞪大了眼睛：

「何必這樣？還請人家吃飯？」

「瑪姬說發生都發生了，難道要那女的愧疚一輩子嗎？」

「當然！就是要讓她愧疚一生一世啊！」

我苦笑了一下，清了清喉嚨，故作輕鬆改變話題。

「ㄟ，你們聽說了嗎？巴西的科學家說，如果大家都改在淋浴的時候順便尿尿，那麼每個家庭每年就可以省下一千一百多加侖的清水喔！想想看，眞是驚人，如果全世界每個家庭都——」

「不正經，」母親瞪了我一眼，「專挑吃飯的時候講這種噁心的事情，跟你爸爸一個樣。」

聽說桑樹對全身有益，可與鳳尾草、赤查某、肺炎草、茅根、白鶴靈芝、六角英、一枝香等常見的藥草熬湯，煲成清涼芳香又解渴的保健青草茶。如果眞的吃了綠豆配螃蟹，桑枝熬的涼茶，新鮮的桑葉煲的鯽魚，就算不解毒也解熱，不解熱起碼也解饞。

隔日我打電話給環境資訊協會，跟他們說廚餘對於婚姻可能產生的重大影響，理事長陳瑞賓表示，廚餘隨垃圾車回收作業方式，成效雖然不錯，但因有些地方垃圾車隔日收運，民眾不習慣廚餘必須放在家中隔夜，台南曾試辦社區廚餘堆肥定點。申請試辦的社區、大樓或機關團體，免費提供密閉式的「大型廚餘堆肥桶」，還會邀請專家舉辦廚餘堆肥實務操作研習，讓管理人能夠清楚明瞭整個操作程序。至於處理堆肥過程產生的成品或半成品、甚至變賣所得，全數歸合作社區、大樓或公司所有並可全權處置；但合作單位須按時向環保局提報廚餘清運數量及去處流向。無法處理的堆肥半成品，環保局也會配合支援定期清運服務。

至於因爲垃圾回收問題而婚姻瀕臨破裂的夫妻，不妨可以考慮搬到哥倫比亞，在那裡有三十分鐘的快速離婚服務，而且只需要十五美元，估計這對於積壓在哥倫比亞法院的一百五十萬件離婚案件有很大的幫助。

還有，所有人最關心的嫩桑葉煲鯽魚，秘方是這樣的：

材料：鮮嫩桑葉150克、鯽魚1條、毛豆仁50克、豬瘦肉250克、生薑5片。

烹製：材料分別洗淨。鯽魚宰洗淨，煎至微黃，加入少許清水。一起與生薑放進瓦煲內，加入清水2500毫升（8碗量），大火煲沸後，改文火煲1個小時，調入適量食鹽便可。此量可供3～4人用，鯽魚、豬瘦肉可撈起拌上醬油供佐餐用。

但是別忘了，豬肉配菱角的話會肚子疼，鯽魚不能混中藥裡可以潤肺的麥冬，不然會中毒，不過真的中毒也有解，可以喝地漿水，所謂的地漿水，是一種傳統中藥的礦物藥。製作方法是掘地三尺左右，在黃土層裡注入新汲的水，攪混，等澄清後取出的水就是地漿水。地漿水性味甘寒，據《本草綱目》記載：「地漿解中毒煩悶，解一切魚肉果菜藥物諸菌毒，及蟲蜞入腹，中暍（即中暑）卒死者。」據說還可用來治療跌打損傷以及食物相剋中毒。

要挖地之前，最好先查清楚地底管線的分布圖，武漢市最近舉辦的第二屆三維數字城市建設論壇上，市規劃局負責人透露，武漢率先完成了「特大城市三維數字地圖系統」建設，是第一個在虛擬世界裡建成的特大城市。也就是說，三環線內中心城區近450平方公里，地底哪裡有什麼管線都看得一清二楚。市規劃局有關負責人說，未來蓋房子、做市政建設用得上它，消防、救災也可以使用。不小心吃了鯽魚又吃了麥冬，要在家門口挖地漿水解毒，看來也用得上。

一般人請勿輕易嘗試。

至截稿時間爲止，我的父母仍然是合法結婚的夫妻。

根據香港淳道玄學總會會長方海閱師父的建議，要增進夫妻感情家居風水有四個原則：

一是門口要明亮。

二是不要用三個頭的燈。

三是浴室廁所要有通風扇。

四是用小磁鐵在冰箱貼上兩個人甜蜜的照片或小卡片。

如果兩個人眞的這麼相剋，連風水大師的建議都沒有效的話，哥倫比亞法院歡迎你。

人生種種執著，包括五十年的婚姻，終究也不敵一帖桑葉涼茶。

# 我信賴所以快樂

## 22

每天多愛地球一點點

開始看Eric Weiner《尋找快樂之國》這本書的時候，我剛好在離開泰國曼谷，前往荷蘭鹿特丹港口的路上，曼谷這些年來，儼然成了我的第二故鄉，每次有人問爲什麼選擇泰國，我千篇一律的答案是：

「因爲泰國人雖然大部分很窮，但都過得很快樂，我想選擇生活在快樂的人多的地方。」

至於爲什麼是曼谷，我的回答總是：

「曼谷雖然有現代城市的便利，骨子裡其實不是一個大城市，每幾條街道都是一個村落，住在村落裡每個人都彼此認識，那種感覺很好。」

無論從世界哪個地方回到曼谷的家，回來隔天早上，樓下賣水果的小氣阿婆（芒果超貴但是超好吃），跟巷口賣泰式冰奶茶（根據我普查結果大概全泰國排名第4）的阿嬸，都會高興地大呼小叫，就連流浪狗們都會高高興興跟前跟後，當然，阿姆斯特丹也是這樣，每兩道運河之間，都像是一個村莊，所以我也喜歡阿姆斯特丹。

我在曼谷覺得快樂，因爲，快樂是人際關係的結果。

一出鹿特丹火車站，我立刻就不那麼快樂了，車站外面的排班計程車，司機清一色都是挺著大肚腩的中東移民，那下垂的嘴臉可能自己在鏡子裡看了都會討厭。

我才坐上車，說要到港口。

「十七塊五。」司機說。

「蛤？」我很吃驚，港口明明過個橋就到了，跳表頂多就是基本費七塊五歐元。

「那二十歐元。」司機可能以爲我嫌他開價太低，竟然又自動進位。

我當時很嘔氣，但立刻就想起如果換作是我的泰國朋友，會怎麼反應？他們一定只會聳聳肩，說聲：「mai pen lai.」算了吧，然後不去想它，事情就過去了，接下來的日子還是能開開心心過。

這是個實驗《尋找快樂之國》裡面提到的方法的好機會，一句話也沒說，我默默付了二十歐元下車，努力忍著不去想這件事，想想這事情如果發生在台灣，有時候當場雖忍著沒發怒，回家睡一覺越想越生氣，翻身抓起西瓜刀，回到車站去砍人的事情，在時事新聞版也時常看到吧？若身體裡流著憤怒的血液，是不是眞的可以藉著學習，變得更容易快樂呢？

當然我可以學習泰國人的快樂哲學，但總比不上當地人那麼自然。

我永遠無法忘記有一次在曼谷修理硬碟故障的電腦，雖然沒有抱太大的希望，但是抱著死馬當活馬醫的心態，店員東看看西看看了一會後，用充滿同情的微笑說：

「沒問題，你明天來吧！」

隔天去的時候，同一個店員又微微笑（但很明顯跟前一天有點稍微不大一樣的微笑），篤定地告訴我：

「這硬碟沒辦法修理。」

突然間我光火了，開始跟店員理論：

「明明昨天你就知道這不能修理了吧？爲什麼昨天不直接了當的告訴我，害我抱著希望，今天特地跑一趟來，才跟我說不行呢？」

店員先是對我的失態有點吃驚，鎮定之後才又（帶著有點不悅的）微笑的說：

「先生，昨天就算我告訴你不能修好，你一定還是會要我試試看，結果今天還是不能修好，那先生你不是失望兩次嗎？可是我昨天跟你說可以，讓你快快樂樂回去，今天才跟你說不行，先生你就只失望一次，這樣不是比較好嗎？」

我本來以爲這店員簡直是精神有問題，但是看完《尋找快樂之國》後，才發現搞了半天，他恐怕是眞心覺得在幫我這不懂得快樂來源的外國人吧！

作者艾瑞克・韋納在書中描述他到印度尋找快樂的章節，喚起原本已經模糊的記憶，幾年前我也曾經遇過古儒吉大師，當時因爲工作的緣故，必須爲他做翻譯，地點就在作者前往那座位在印度的矽谷班加羅爾（Bangalore）外圍的同一座修行院。印象最深刻的，不是在修道院的VIP小房間裡面，面對面跟大師幾個小時的珍貴對話（實際上，內容我可以說是一點都記不得了，而且慚愧的是，這樣的機會還不止一次），但我記得當時必須踩過修行院通道上的那不到一分鐘，成千跪在地上等著求見古儒吉大師已經不知道多久，來自全印度各地的信徒，他們用忌妒而哀傷的眼神，看著我這個外國人被大剌剌請進入大師掛滿花圈的房間，就算我的腳必須踩在他們的身上，也絲毫沒有移動分寸的意思，那眼神像箭那樣射穿我，我卻沒有因爲這殊榮而有任何得意的感覺；相反的，那當下我爲自己的特權，感到非常非常不快樂，只能盡所能不要踩到人，好不容易終於要到門口的時候，幾個看起來非常貧窮苦命的女人，竟然開始親吻我的腳，因爲這可能是這輩子她們與心目中如神般的古儒吉大師最近的距離，從來沒有被親吻過髒腳的我，內心的痛苦讓我像被閃電擊中般無法動彈。但此時奇怪的事情發生了，她們先前眼中的忌妒和悲傷不見了，因爲親吻著我毫無靈氣可言的髒腳，她們竟然在那瞬間，眼神變得非常滿足，非常快樂。

閱讀《尋找快樂之國》作者描述他在班加羅爾的經驗，再回想我自己的那漫長的一分鐘，印度賤民如何藉著親吻我的腳，把忌妒消化掉，變成我無法理解的快樂，那種力量，恐怕就是印度部落客維塔里說的「信賴」，不丹的智庫領導人羯磨說的「信賴」，瑞士反政府的人民對政府的「信賴」，加拿大經濟學家John Helliwell說的「信賴」。「信賴」是快樂的先決條件，最能決定是否快樂的，也是「信賴」，缺少信賴，也就是世界上最不快樂的摩爾多瓦（位於羅馬尼亞和馬克蘭之間的東歐內陸國）人不快樂的原因。

在修行院漫長等待的印度女人，被忌妒的烈火痛苦灼燒的片刻，決定信賴我這個陌生的外國人，必然也具有某種神性，因此獲得立即的滿足和快樂。在那短暫的片刻，我帶給她們快樂的能力，跟我究竟是誰，是否有甚麼能耐，是一點關係都沒有的。

我相信這也是爲什麼，旅行之所以會讓人如此快樂的眞正原因，讓我們快樂的，不是走遍世界這麼膚淺的事實，而是學會接受陌生人的善意，交換公寓，沙發衝浪（由Couchsurfing一字意譯而來，是一種新興的旅遊型態，意指到別人家借宿，床不夠就睡沙發），搭便車，在青年旅館跟12個來自世界各地只共處一夜的陌生人共室而眠，若沒有完全的信賴，是根本一夜也不可能闔眼入睡的。

整本書裡，我印象最深的，是有人曾問發明小兒痲痺疫苗的沙克（Jonas Salk），什麼是他人生的主要目標，沙克回答：「當個好祖先。」我完全同意，只有眞的清楚自己宇宙定位的人，才答得出這樣睿智的話。

# 我跟高爾夫有仇

## 23

每天多愛地球一點點

不知道是因爲大學時代體育每次選高爾夫球課都槓龜，以至於懷恨在心，還是因爲家裡這輩裡已經出了一個以職業高爾夫球爲生的青年才俊，讓我潛意識要標榜產品獨特性，舉凡跟高球有關的事情，從對於高爾夫球，打高爾夫球的人，高爾夫球場，球桿，還是雨傘牌的襯衫，都有說不盡的討厭。

同學會上，如果有人開始說打高爾夫球的事，我就會偷偷換到離他們最遙遠的角落，好像怕被什麼髒東西沾到似的。

很多人以爲我住在波士頓的海邊，一定很詩情畫意，實情上是這樣的：三不五時，我在家門口退潮的海邊，別人都是高高興興拿著鏟子去挖蚌殼，我卻得像個老阿伯提一個菜籃子，去把附近不知道是哪個缺德的傢伙，把大海當作免費的練習場，打出去的球撿回來，時常一次就上百顆球，上面還有球場的名字，顯然是從球場偷出來的，未免也太誇張了，我還每隔一段時間特地開車去把一籃一籃的練習球還去球場，對方不但沒說謝謝還被瞪哩。

這也就算了，我有次去朋友新家喝茶，他說一時不察，才買了蓋在某頂級高爾夫球場中央的別墅，結果搬家後第一次下雨，球場草地的水流進魚池裡，整批昂貴的錦鯉就立刻被殺蟲劑毒死，從此他們都不再敢喝家裡的水，他這樣一說，我嘴裡的茶差點要噴出來。

種種印象，造成我固執地相信愛好高爾夫球的，都是該打屁股的壞孩子，就算老虎流著亞洲血統，我也不覺得有絲毫光榮（雖然本來就不該沒事亂攀關係）。奇怪了，全世界都在節能減碳，世界上淡水都不夠用了，我還是不時會聽到環保團體指責美國的亞利桑那州還是內華達州，乾燥的沙漠中蓋只有少數有錢人才能使用的人工高爾夫球場，光是草坪的用水，就佔了全州的一半甚至七成以上！這不是存心要氣死我嗎？

就在我對高爾夫印象壞到不能再壞的時候，竟然傳出超級巨星Justin Timberlake，在他南方田納西州的家鄉，推廣環保高爾夫（Eco-Golf）的消息，不由得讓我意外又抱著懷疑的態度，看那高爾夫球場，眞的能環保嗎？還是他只是在趁勢宣傳他開的高球場Mirimichi Golf Course？

Mirimichi（怎麼聽起來很像日文咧？）號稱是全美國第一個得到Audubon International Classic Sanctuary認證的球場，再生使用球場80％的能源，還舉辦歐美各高球俱樂部的大會，討論如何讓這常常被環保人士抨擊得體無完膚的運動，能夠更環保，更盡到社會責任。

首先第一件事，就是回收高爾夫球。要求顧客打完球後要回收，這不是理所當然的嗎？爲什麼要沒事把球打到海裡去，讓無辜的我冒著生命危險去撿回來呢？我又不是黃金獵犬！打籃球的人打完球不收的嗎？有人會把擲完的鉛球就留在田徑場裡面嗎？打網球的人也會收網球，但是顯然高爾夫球愛好者，就像我想像中那樣，既沒常識又沒良心，光是美國一年打出去就不復返的高爾夫球，就高達三億顆。

三億顆耶！！！開什麼玩笑！（背景傳來包青天的正義怒吼：統統給我拖出去斬了！）

在十五個國家擁有球場的Dixon Golf，據說已經提出回收一顆球給一美金的政策，他們說自己不是大公司，沒辦法像別人那樣花大錢打廣告，但是如果顧客覺得他們是比較注重環保的球場，可能會因此傾向選擇去他們家消費，可惜我家附近不是Dixon，不然我早就變有錢人啦！

當然，舊的高爾夫球壓碎以後，也可以拿來再生變成建材。

也有人開發太陽能動力的高爾夫球車，香港的Jockey Club Kau Sai Chau Public Golf Course就有在用，聽說可以節省球場三分之二的電費！

用來架球的木頭tee（發球區），如果用玉米作爲原料，就可以90天內在土壤中自然分解（木頭起碼要兩年才能分解）。專門製造tee的廠商XT-1經理在接受CNN訪問時，宣稱他們因此少砍了10萬棵樹！

這些努力，足夠讓我對高爾夫球這項運動改變印象嗎？沒那麼快，因爲還是沒有解決高爾夫球場過度用水跟破壞生態的根本問題，但是不容否認，既然這項運動不可能被禁止，高球界能夠意識到這項運動需要做一些改變，那麼我這已經在大西洋裡撿球撿得快要長骨刺的阿伯，也會覺得稍微安慰一些了——當然，如果我家附近的球場也開始一顆一塊美金回收舊球，相信很快就輪不到我來撿了！

# 印度人贏了

## 24

每天多愛地球一點點

在每次面對學生的演講上，我都會跪姿央求他們答應我一件事：三十歲以前，請到一個外國去定點long stay三個月以上，去哪裡都好，去做什麼都好，念書、工作、旅行，或者就是單純的活著，什麼都行，總之，就是不要當一個走馬看花的觀光客，從一個城市流轉到另一個城市，只留下無數張在名勝古蹟前面舉著V字手勢的紀念照片。「如果能這麼做的人，即使一開始不知道爲什麼要這麼做也沒關係，」我拍著胸脯保證，「這將是你這輩子給自己最大的厚禮，一份改變人生的禮物。」

有時候，我看到台下投來茫然中帶著懷疑的眼光，好像在看夜市裡賣力推銷貴婦人萬用菜刀的小販，一邊吃著炸魷魚，一邊忖度著整個事件的眞實性。

從此以後，我或許可以告訴他們，不信的話可以去看米花的《遇見貧民百萬富翁》，就好像口才不好的傳道人最後只好打發人去讀經那樣。

米花這輩子或許不會寫第二本書，但是這並不重要，因爲她已經把最想說的話都說出來了，只是正好變成一本書罷了。

米花聽說印度會把一個人不爲人知的一面狠狠掀出來，結果眞的應驗了。每天上班時跟三輪車司機爲了十塊盧比掀桌子演出全武行，連路人都把早餐帶過來邊吃邊看熱鬧，或是爲了買本地價格的門票不惜假扮錫金人——因爲在原本生活的世界，爲了一點小錢失去優雅的姿態是可恥的，但換到另外一個世界的頻道，卻發現如果不能爲自己的權益挺身而出，據理力爭，那才是眞正的恥辱，但是最重要的，不是多付或少付了那幾塊錢，而是面對一個原本不須面對的嚴肅問題：「到底哪一個我，才是眞正的我？」

在印度每天面對伸手乞討的孩子，衣不蔽體的遊民，廉價而無用的員工與僕人，離開家鄉熟悉的小康日常生活場景，看到赤貧與奢華可以同時平行存在，階級差異卻神聖不可冒犯，同情心必須時時刻刻接受貧窮現實的考驗，不得不去思考「仁慈」的眞正價值，米花作爲外國來的實習生，接受吸取民脂民膏的婆羅門上司款待吃香喝辣，跟等在達賴喇嘛法會外面，匡噹匡噹搖著杯子等待接受西藏喇嘛布施的印度乞丐，是否眞有著本質的區別？

對於全球化外包制度在課堂上轟轟烈烈的討論，落到印度的現實生活中，工作除了在電腦上剪貼，還是不斷地剪貼，這才發現「所謂的國際化不過是指當我打開E-mail時，會有一位美國人用英文要我做一些簡單的事情。」這樣的體會，是米花幾個月後就可以脫離的行動劇場，但相信她這輩子永遠不會忘記，那卻是許多想要晉升中產階級的印度本土MBA，必須接受的殘酷人生交易，唯一的解脫方式，只有上午姍姍遲到，下午蹺班去路邊喝杯奶茶，存錢買一間樣品屋般的公寓單位。相對於沒有這段體驗的CEO，一個實習生其實有著更立體的世界觀。

「……同事們總讓我感覺他們的人生很穩定，接受自己的種姓、讀MBA、時間到了就接受媒妁之言結婚。」米花說，即使如此，還是覺得印度的同事贏了自己，因爲「他們並沒有像我一樣忍受著，而是用不以爲意的態度接納環境，幽默的笑一笑，睡一覺起身後又精神飽滿，就像印度人常說的一句話：『沒問題（No problem）。』」

痛苦只有忍受才會變得更巨大，接納卻可以化解所有的問題，這樣禪意的體悟是一份多麼珍貴的禮物，也只有自己能夠給自己，因爲如此，也沒有人能夠從身邊拿走這份寶物。文字固然能夠被理解，被傳遞，但是知識上的理解，卻永遠不能取代身體的領悟，所以重要的不是我們藉著米花的眼睛看到了什麼樣的印度，重要的是，我們是否因此決定向世界踏出自己的一步，追尋屬於自己的那一份人生禮物。

# 一個農村的安樂死



二〇〇九年五月底，我在日本朝日新聞週末版「Be」的晨報上，看到當天「前線人物（front liner）」專欄，介紹的主角很稀奇的，竟然是一個美國人，這個人叫做傑夫（Jeffrey Irish），更神奇的是，他是鹿兒島一個小村落的村長。

報導中說，如果宮澤賢治生爲美國人的話，應該就是傑夫這個樣子。宮澤賢治是將近一百年前二十世紀初，日本昭和時代早期的詩人、童話作家、音樂創作人，也是農業專家，生前發表的作品不多，大部分的出版品都是過世後才被世人知道的。這樣的人，如果生在現代，那該是多麼有趣！

這個年紀將近五十歲的美國人，名片上正式的職稱，寫的是「民俗研究者」，從小在北加州矽谷長大，十七歲的時候因爲看了黑澤明的電影「影武者」，大受感動，因此進了耶魯大學主修日本歷史，接著又到哈佛大學研究

人口減少と高齢化は全国的に急速な広がりを見せており、私たちの暮らしや地域社会にも影響を及ぼしています。日々の暮らしや作業などでの助け合い、地域行事の開催や共有施設の管理など、地域の結びつきや地域社会を支えるシステムが崩れ、地域づくりを進める上での大きな課題にもなりつつあります。
今回のまちづくり連携会議では、地域に暮らす人々の平均年齢が81歳という南九州市川辺町土喰地区で自治会長を務める民俗学者ジェフリー・S・アイリッシュさんを講師に迎え、地域で暮らすことの豊かさや地域コミュニティの可能性、さらには地域社会の維持に向けた取り組みなどについて、皆さんと一緒に、学び、考えたいと思います。

日時
平成21年10月24日(土)
午後3時30分～5時

会場
いわきワシントンホテル
椿山荘　3F
アゼリアの間

主催
いわき市
IWAKIふるさと誘致センター

聴講無料

いわき市まちづくり連携会議　講演会

# 土喰集落の幸せな日々

## 「限界集落」を考え直す

講師　民俗学者　土喰集落自治会長
**ジェフリー・S・アイリッシュ**

ジェフリー・S・アイリッシュ…民俗学研究、執筆・翻訳・通訳業。昭和35年、アメリカ合衆国カリフォルニア州生まれ。昭和57年、エール大学を卒業後、清水建設に入社。20歳代をサラリーマンとして過ごし、30歳代より下甑島で定置網の仕事に就き、その後、ハーバード大学大学院で民俗学を専攻。京都大学にも留学。平成10年より鹿児島県川辺町の牧場の見張り小屋に移り住む。現在は、土喰集落の自治会長を務めながら、執筆活動を中心に地域活動に取り組む。日々の生活や地域の暮らしぶりなどを南日本新聞に連載中。著書に『里山の晴れた日』（南日本新聞社　2003年）、『漂泊人からの便り』（南日本新聞社 2002年）、『アイランド・ライフ、海を渡って漁師になる』（淡交社 1997年）がある。

所念民俗學，後來到京都大學研修土著文化，從此在日本出過文化觀察的書，在地方報紙寫專欄，常常參加地方上的公益活動，但眞正讓人注目的，是他在南九州市川邊町一個很小，連日本人都不會念的偏村「土喰（Tsuchikure）」的村長身分（正式來說是集落的「小組合長」），這個村子很小，只有20戶人家，而且還是二〇〇七年底穎娃（えい）、知覽（ちらん）、川邊（かわなべ）三個村子合併才有這樣的規模，村民的平均年齡81歲，高齡化比率高達92%，這20戶中有11戶是獨居老人，有工作能力的也只佔村裡的三分之一，Jeff之所以會成爲村長，很重要的原因是——全村只有他一個還能行動自如，也沒眼瞎耳聾，因此理所當然是最符合資格的村民。

他在接受訪問時說，自己早年就失去親生兄弟，40歲的時候又發現自己罹患癌症，從此意識到「時間」才是他人生最重要的資產，而不是金錢。雖然年輕的時候在企業裡叱吒風雲，代表日商清水建設在紐約設立美國的分公司，並且擔任副社長的高職，主管法務跟人事，但因爲一心想住在日本，所以毅然離了職，一九八〇年代來到日本，因爲想學習當一個漁師，尋覓了許久，最後選定搬到鹿兒島一個只有一千個居民，叫做下甑（Shimokoshiki）的島學定置網捕魚，一待就是三年，每天過著捕鯖魚、沙丁魚跟烏賊的日子，還以此經驗寫了一本書。

輾轉到了一九九八年，在人生搬了第三十次家的時候，才找到這個即將消殞的集落，房子因爲是縣政府的財產，房租非常便宜，一年只要2,500日圓，如今已經住了十二年，卻沒想到他成爲這個村子自一九五九年之後，第一個遷入的外地人（更別說外國人），也是最後一個。

從一九五〇年代以來，土喰的人口便從一百人以上逐漸減少到現在的地步，看來會跟著村民的凋零一起走進歷史，目前已經有五分之一的房子是空屋，或許有人會認爲，應該要拯救這個村子的命運，鼓勵年輕人進駐，讓村子不至於在地圖上消失，這樣的想法雖然浪漫，卻不切實際，因爲傑夫很清楚知道，像這樣的日本農村，恐怕就有幾千，村子裡剩下的居民，共同決定了未來的命運，那就是不再接受新的居民，Jeff原本在一個99歲的老太太去世，房子空出來的時候，打算讓新血能夠注入村子，活化社區的生命力，沒想到卻遭到村民的反對，於是Jeff才了解土喰村民想要就這樣讓村子緩緩的自然消滅，他們希望就像過去一樣，過著白天用手腳種田，掃墓，晚上九點以後沒有人還發出聲音，數十年如一日的安靜生活。理解村人的想法之後，他只好一次又一次地跟這對無論如何想搬進村子裡的年輕夫婦含淚勸退，才終於打消了他們搬進村裡的念頭。

從此以後，Jeff村長就把心神著重在這群老年人的照護，比如說請醫生來做定期健康檢查，請營養師來指導如何健康飲食，讓健身教練來教大家做運動，每天幫助村人做點農事，幫忙摘摘豆子，種番薯、白蘿蔔、馬鈴薯，聊聊天，聽聽老人家說話，幫耳背的老人家訂購助聽器，替風濕痛的老嫗按摩腿，勸這個剪過長的指甲，勸那個別再自行開車，用擴音器廣播時，他會先敲一小段拿手的木琴曲子，喚起大家的注意，然後才把村裡行事曆廣報周知，多半是茶會要開始了，或者是幾點到幾點要停水之類的，雞毛蒜皮小事，卻是村人唯一關心的事，遠方的金融風暴、風力發電，都是另外一個世界的事情，他們只想要維持現在的生活節奏，有尊嚴的陪著這個村子走完最後一段路。

擔任一個高齡集落村長的工作相當繁重，一年的薪水卻只有大約十萬台幣，而且這是包括縣政府、當地農會、農保協會，還有村民一起出錢湊成的，並不富裕的村民從自己的腰包裡拿出來的錢，大約就佔了總薪資的四分之一，但是他並不孤單，因爲這個村子裡的每個人都互助合作，比如說村子裡有專管垃圾分類的老太太，把垃圾分成十九種，也有一個專門管理水源地的老先生，還有兩個人負責墓園參拜沿路的清掃，村裡也有一個要在進城的時候充當大家的司機。至於體力已經不能務農的人，就負責掃墓或種植鮮花，這都是社區裡每個人自動自發扛起一點責任的結果，每個人不只是自己過活，而是為了整個社區而活。沒有人惡言相向，所有村裡重要的大事，都用開朗的態度全村一塊決定，既悠閒又忙碌的農家生活，讓生命的尊嚴得以被保存彰顯，在這個聚落裡，因為互助而彰顯出每個個體存在的意義，被許多九州人驕傲地稱之為「幸福的集落」，土喰集落的共同命運雖然最終是消失和死亡，但是這些讓人不安的表象，就好像宮澤賢治自己的人生那樣，反而不是最重要的了。

瑞士的「尊嚴診所」，有醫生幫助來自世界各地希望能夠有尊嚴地接受安樂死的老人或病人，跟他們的家屬，共同走完人生最後的一小段旅程，傑夫村長在某個程度上，就好像這個村子的尊嚴診所醫生，陪著這個村子走過歷史上最後的幾個寒暑。究竟這麼做是對還是錯，恐怕不是你、我，或任何一個外人能評斷的。

我一個日本朋友去聽他的演講，當日的講題是「土喰（つちくれ）集落の幸せな日々（土喰集落幸福的每日）」，傑夫村長用很多圖片，讓聽眾分享他如何維護一個老化的傳統社區，讓在場的每個人相當感動，因為他不只是處理收發文件，記錄戶籍的進出，而是一手挑起照顧村人的重擔，因此從照顧身心障礙者，到居家復健，一直到老人飲食，都變成專家。跟紐約比較起來，土喰的物質享受是非常貧乏的，農村的生活也很單調，跟妻女住在一間跟足球場差不多大小，雞犬相聞的小農舍，過著自耕自食，與世無爭的恬靜生活。既然傑夫已經決定了時間，而不是金錢，才是這輩子上天賜予他最珍貴的資產，因此對他來說，最重要的事就是把全部的時間，都依照自己的意思來自由支配，這就是他心目中最大的幸福。就算現在因爲到處演講，寫專欄，已經有點名氣了，他仍始終如一，他三十五歲的妻子當年就是因爲看了他在鹿兒島地方報紙的專欄以後，才愛上這個奇妙的美國人的，如今他們有一個兩歲的小女兒Akane，和剛出世的男嬰，但是他們也因此面臨困難的抉擇：等到女兒到入學年齡的時候，同年級的同學可能頂多只有一個，傑夫很擔心兒女會因此錯失很多跟同齡孩童互動學習的機會，會不會因此必須選擇搬回到都市去？那他跟那些離開土喰的年輕一代，又有什麼兩樣？或者這十二年的付出與生活，已經帶給這個在時代裡靜止的村子，足夠的美好時間？

這是個未來不得不面對的問題，但是今天，就讓我們有尊嚴的度過，再敲一段木琴，再泡一壺茶，再播一次種，剩下的，就留給時間來決定吧！

# 尋找生命的指南針

26
每天多愛地球一點點

前兩篇提到，我時常鼓吹年輕人一定要在三十歲以前，給自己一段至少三個月在海外long stay，無論是背包旅行也好，打工度假也好，參加海外志工，出國留學，念語言學校，出差外派都無所謂，總之就是給自己一段不算短的時間到海外去居住生活，沒有一定要幹什麼，但是我保證這將會是每個年輕人，這一生能夠給自己的一份最大的禮物，在這三個月過後，必然會得到一輩子受用不盡的收穫。

聽起來太過簡單，彷彿我是到處行騙的江湖術士，出國代辦的旅行社，或是誘拐青少年的狂熱分子，但請容我隨便舉例，古今中外，無論是藝術家畢卡索、大文豪海明威、美國總統歐巴馬，還是畫家高更，海外多年的生活經驗，都變成他們人格或作品裡面，一個璀璨的亮點。

雖然我這麼相信海外生活經驗的好處，但也一直無法僅用個人的經驗，來證明這個理論，終於，最近有心理學家在《Journal of Personality and Social Psychology（人格與社會心理期刊）》期刊上，證明了海外long stay跟成就之間的緊密關聯。

這份研究報告是由法國INSEAD商學院William Maddux博士還有芝加哥Kellogg管理學院的Adam Galinsky博士合作的，他們針對55個在美國留學的外國學生，跟155個來自美國土修商學的本地學生，一起接受創意實驗，每個學生面前有一根蠟燭、火柴，還有一盒圖釘，然後要求學生把蠟燭固定在厚紙板做成的牆上，卻不能讓蠟滴到地板上，結果有60％海外學生或是有在海外居住經驗的美國學生，找到解決方案——拿圖釘的盒子當燭台，然後用圖釘把盒子固定在紙板上，可是沒有在海外住過的美國學生中，卻只有42％找到這個辦法。

接下來，心理學家又讓72個美國人跟36個外國人一起測驗創意談判技巧，配對的學生，其中一個要扮演加油站老闆（買方），另一個扮演求職的員工（賣方），測驗之前，加油站老闆得到的指示是：員工要求的薪水是加油站負擔不起的，而求職者得到的指示是：他開出來的薪水已經是最低的底價。

在這看似無解的困境中，有海外居住經驗的學生，高達七成雙方達成協議（加油站老闆給新員工一個管理職稱，但是只付比較低的工資），反觀沒有在國外生活過的對照組，卻沒有任何一組達成協議。

爲了避免這個實驗的結果是因爲「有創意的人比較有可能選擇去國外居住」，這兩位心理學家先幫每個學生做了性向測驗，確定每個接受實驗的學生都有開放接受新體驗的個性，也控制排除其他的變因，確定除了海外長住經驗以外，這些受試者性格之間沒有其他的變數。

讀這篇報告的時候，讓我回想起在埃及求學的時候，中東長期存在的緊張關係，讓每個人隨時都處在機警的狀態，因爲隨時隨地都可能會有自殺炸彈客，所以無論是上學進校門，去麥當勞吃漢堡，還是去購物中心買東西，都養成接受金屬探測器檢查的習慣，突然聽到聲響也會立刻先臥倒再說，之後再搞清楚是炸彈還是爆胎。帶著這樣的經驗搬到美國後，有一個夏天的中午，我跟幾個同事坐在公園裡面吃三明治當午餐，結果忽然一聲巨響，一群人之中只有我跟大衛兩個立刻臥倒，其他人只是呆住不動，後來很快發現原來只是其中一個女同事擺在太陽底下的打火機，因爲中午的太陽直射過熱而爆炸，於是同事們都取笑我和大衛，當時我覺得很丟臉，可是心裡頭也覺得美國人太單純，「萬一眞的是危險爆炸物的話，該怎麼辦呢？」

我跟大衛兩個，發生這件事後，在公司裡成爲相當要好的朋友，才知道原來他從少年時代開始，每年夏天就會到尼加拉瓜去當醫療義工，所以也曾經遭遇過游擊隊的威脅，我們之所以友誼很堅固，因爲我們知道，雖然其他同事們渾然不覺，但如果那天中午眞的發生什麼事的話，這群人中能夠倖存的恐怕只有我們兩個。不久之後，美國發生911恐怖攻擊，所有機場安全措施戒備森嚴，大部分的美國人覺得很難適應這種新的現實，但是我卻只是淡淡的說：

「這只是表示美國從此要跟世界其他地方一樣小心罷了。」

因爲不只是中東，內戰不休的菲律賓、印尼、緬甸，也都是這樣的，因爲習慣了，所以並沒有感覺到特別的不方便。但是爲了我這麼說，一個美國朋友還因此跟我吵了一架，認爲我太沒有愛國心，先進的美國怎麼可以跟落後的埃及一樣呢？他卻完全沒有想到，我本來就並不跟他是同一國的。

就像拿著台灣的護照，時常要經歷無數繁瑣的細節辦理各國的簽證，隨身帶著各式各樣的文件，已經不覺得有什麼奇怪，但是要美國人僅僅是養成出國帶著護照過國境的習慣，到加拿大或墨西哥，卻簡直難上加難，每天都有無數粗心大意或證件不全的美國人被擋在海關，氣急敗壞不理解爲什麼不能像以前那樣，光拿駕照或出生證明就可以暢行無阻？

我有個英國同事，非常會談判，讓我很佩服，有次我問他究竟是怎麼訓練出來的，他聳聳肩說：

「因爲我大學時代剛搬到德國去住的時候，不管問什麼問題，第一個答案永遠是NO，久而久之就讓我變得很有談判技巧，要不然根本就活不下去了啊！」

也難怪有研究者宣稱，會說兩種以上語言的人，日常生活上的應變能力，也普遍比只能說一種母語的人好。

荷蘭政府爲了幫助新移民，會開設免費的「imburgieringcursus」課程，讓剛搬到荷蘭的外國人，不單知道要怎麼幫孩子申請學校，也知道在哪家商店購物比較便宜，但是大部分的國家並沒有這樣的完善福利，所以我們就要學習如何用另外一個語言，用另外一種對方能夠接受的文化觀點，來跟當地人談判，以求能夠順順利利達到我們想要的目的，才能夠順利生活，這種能夠透過不同觀點，學習看待世界的角度，就是海外生活最大的益處。

當然，國界並不是唯一的界線，比如一個在東柏林長大的人，搬到北京朝陽區奧運村旁邊生活，應該不會有太大的適應困難，但是要一個在台北長大的都市人，到外地工人聚集的皮村，雖然行政區同樣是北京朝陽區，而且同文同種，一個台北人卻可能比一個德國人更無法適應當地的生活。

摩門教教會將他們的年輕人派到海外宣教，有如兵役，兩三年下來，宣教的成果如何反而是其次，對教會來說，最大的貢獻是，每個年輕男性教徒都因此而深入了解一個外國文化，也至少會說一種外國語言，因此在職場上他們往往是企業爭相聘用的對象，這個優勢也讓他們的薪水比平均一般的美國人更高。高薪的教會成員自然會轉化成爲教會更多的捐款，這些優秀具有國際觀的父母，也會因此養育更優秀的下一代，讓教會勢力可以不斷往社會的金字塔頂端邁進。

勇於面對外在環境的改變，帶來內在的轉化，讓我們因此知道，達成一個目的至少有兩種方法（也知道如何用兩種語言描述同一件事物），學會更有耐性，更有同理心，更能豐富地想像，也更能夠把他人納進自己的視野當中，這可能不是那份研究報告中所說的創意或創造力，更像是取得生命的指南針，讓我們在人生的汪洋當中，比較順利的辨識夢想的方向，並且不斷向前。

# 埃及手機只響一聲

27

每天多愛地球一點點

自從留學開羅的遙遠學生時代後，最近再一次重新踏上埃及的土地，有種近鄉情怯的奇異感受，不知道什麼變了，什麼沒變，心裡特別忐忑不安。

金字塔還在，人面獅身還在，金字塔下對遊客吆喝去騎駱駝的阿伯們也在，就連人面獅身像柵欄旁邊那家不搭調的Pizza Hut也還在，時光停駐在陽光穿透的細沙中，讓人在衝突中有種安心的感覺——埃及的感覺。

駱駝牽伕仍然一聽到附近清眞寺定時傳來的叫拜聲，就突然拋下原本死纏爛打糾纏不放的觀光客，直奔沙漠上唯一那一小塊祈禱區，虔誠地膜拜，這景象我想幾百年來也沒什麼改變，但是唯一明顯不同的是駱駝牽伕們，不再試著跟觀光客聊天，大多一面拉著駱駝，一面面容沉醉地講著手機，那煞有介事的模樣，跟紐約華爾街西裝筆挺的路人沒什麼兩樣。

後來，我在亞歷山卓城，也注意到原本路邊隨處會看到抱著一支家用電話，拉著長長的線，當作公共電話的熟悉景象，已經悄悄地消失，取而代之的是坐在路邊，抱著兩支手機的小攤位，如今在埃及打公共電話，用的是手機，每通的代價是五毛埃及鎊。

作爲歐亞非三大洲交界，伊斯蘭與古老基督教，黑色非洲及黃金古埃及文明交會的貿易重鎮，埃及的社會向來充滿著獨特的都會風情，投射著許多文化的影子，來自各種外國的點子、觀念、產品，和生活習慣，都像層層疊疊深淺不同的影子同時存在著，有一點羅馬，有一點英國，有希臘，有阿拉伯，或有奧圖曼，還有點法蘭西，新舊並存似乎才是埃及的常態。我看一百年前開羅解放廣場的老照片，就是汽車、行人與騾子爭先恐後的混亂模樣，一百年後的今天，還是汽車、行人、騾子，互不相讓的景象，繼續僵持著，唯一不同的是老屋頂上多了一個巨型的SAMSUNG霓虹看板。

對開羅人來說，開羅就是巴黎，就是牛津、梵蒂岡、好萊塢、底特律的綜合體，也因此消費行爲的改變，成了讓人著迷的觀察對象，我饒富興味地觀看著麥當勞、必勝客，甚至手機，進入這個太陽神的國土，沒有人能預先知道這些像是來自外太空的隕石，穿過古老的法老權杖，打在開羅的街頭上，會造成什麼樣的衝擊，或又會以什麼樣的形式存在。

六千五百萬埃及人，第一次見識到手機，僅僅是一九九六年的事，那年國營的埃及電信

（Telecom Egypt）推出手機時，我正好在開羅求學，印象特別深刻，手機是有錢人身分地位的表徵，但接下來那三年，手機市場在埃及就以近十倍的速度增長，因爲手機滿足了埃及人愛聊天的個性，每天走在路上經過公共電話，就算沒什麼事，也都會忍不住停下來撥個電話回家，把剛才經歷或看到的事物，鉅細靡遺的描述一番，想到什麼就說什麼，只說重要的事情，對埃及人來說，是多麼殘酷的事，快速普及以後，手機就從奢侈品很快成了必需品。

如今埃及人到街角的茶館喝茶，每個人坐下來以後的第一件事，就是不自覺地把自己的手機拿出來在桌面上並排，聊著聊著，話題也遲早會轉移到眼前的手機，於是手機最新最炫的那個人，就會開始向朋友開始講解展示這支新手機的特殊功能，至於拿舊手機的，就只有沉默的份（沉默可以說簡直是埃及人的酷刑）。

也因爲如此，中產階級年輕一代，感覺上一天到晚在購買最新的手機，畢竟這是攸關每天幾次社交場合的重要話題，從掃街工人到菜販，計程車司機到貝都因牧民，男女老幼每個人都拿著手機，有錢人可以講個不停，手頭比較拮据的市井小民或是學生，也用個不停，但是多半是使用所謂的「ran'na」，就是事先講好響一聲就掛掉，代表什麼意義（比如說正在找停車位馬上就到，或是已經出門了等等），這樣對方就知道你打來，但是又不用花電話費，情侶之間也以「ran'na」爲暗語，因爲保守的社會仍然不容兩個年輕人在家人面前談情說愛，因此只要響一聲，就代表「我想你」

，對方也會回響一聲，表示「我也想你」，這樣戀愛的秘密就得以維護下去。

除此之外，看過《亞庫班公寓》原著或電影的讀者都知道，開羅每棟公寓都會有門房（bawab），他們的工作之一，就是平常幫忙住戶做些跑腿打雜的事情，買點東西，交個水費，佔個車位，藉此賺取小費，以前都是大家在陽台上大聲喊，告訴bawab做這做那，但是現在大家都可以直接打電話交代bawab，就算他正好在樓下門口的崗位上也無所謂，我的朋友說這幾年公寓住家，變得安靜許多，眞是謝天謝地。

駱駝牽伕並沒有因手機的出現而改變，而是手機的出現，滿足了駱駝牽伕的潛在需求——可以從早到晚聊個不停的欲望。

於是，埃及還是我所知道的古老埃及，那個愛跟人聊天的國度。

# 夜火

## 28



當我們的船，晚上十點鐘左右，航向夏威夷的Big Island的火山口，在月光下依稀可以看到離海岸只有不到一哩，火山口的岩漿，朝著我們所在的海岸線奔來，火熱的岩漿接觸到冰冷的太平洋，剎那掀起白色的煙霧，伴隨著嘶嘶的聲響，被燻熱的海風混合著硫黃的氣味，讓人想像岩漿的熱度，我站在船舷眺望，直到再也看不見火山口的紅光爲止，我們的船繼續在夜晚中朝著美洲大陸航行。

看著眞實的岩漿在眼前蹦跳閃耀（http://www.youtube.com/watch?v=yAa7-xpNrnA），我覺得感動，雖然理智上無論如何也無法解釋，到底有什麼好感動的。

或許能夠解釋爲，這就是原始人類對火的感動。

曾被伊斯蘭教徒貶稱爲「拜火教」的瑣羅亞斯德教，曾經是基督教誕生之前中東和西亞最具影響力的宗教，也是古代波斯帝國的國教，中世紀時期，在波斯和阿拉伯的地下噴出一種氣體，這種氣體能點燃著火。那時，人們不理解這種奇怪的火，把它叫做「聖火」，並由此而建立了信仰。教徒們在「聖火」處建廟宇，塑造神像，教徒們穿著紅色袍子對著聖火和神像頂禮膜拜。在中國，也因此專門創造一個漢字被稱爲「祆教」，意思是「爲天意所授之教」。夏威夷的原住民，也相信這個岩漿噴出的山脈，是代表生命泉源的開始。

看來人類從很早就開始重視能源股啊！

但是這種原始的光明與神秘，似乎不能完全解釋我的感動，因爲我這種對火的感動，顯然不見得非要是自然現象不可，因爲我只要有機會，每到八月都要到日本京都去看盛大的「大文字五山送火」，也是同樣感動莫名。

所謂「五山送火」，是每年8月16日在環繞京都盆地群山的半山腰上，用警護或打魚時爲照亮周圍點起的篝火，用火描繪出巨大文字，宣告夏天的結束。比如大文字山的「大」字篝火、松崎西山與東山的「妙」字與「法」字篝火等都很有名。關於起源有很多種說法，較爲普遍的說法認爲它是迎接祖先魂靈回歸故里的盂蘭盆節，也有一說是爲了送走祖先的魂靈在門前焚燒篝火的送火儀式。

要看金閣寺大北山的左大文字山上的「大」字篝火就要去賀茂川（鴨川）河堤，看「妙」字則要到Notre Dame女學院附近的北山通，「法」字要在高野橋北的高野川河堤上看，要看西加茂的船山上的「船形」就從北山橋往西北的北大通，看嵯峨野曼陀羅山上的「鳥居形」（「鳥居」是立在神社入口處的門）就要去松尾橋、廣澤之池（http://www.youtube.com/watch?v=xDj_qdJwFb0），一共五座山，五個不同的文字或圖岸，合起來構成「大文字五山送火」，在晚上八點一齊點燃，我尤其愛看「大」字，「大」字的第一畫（橫）長80米、第二畫（撇）長160米、第三畫（捺）長120米。總共在75個地點設置火堆，堆起松木柴禾或松葉，大概前後半個小時。

傳說如果在這天晚上把大文字的火光倒映在酒杯或水盆裡，飲下裡面的酒或水，可以消除疾病，燒剩下的炭還可以驅災避邪。

在山上把柴排成一個大字形，晚上點燃從遠方就看到火把燒出一個大大的「大」字，爲什麼會感動，實在也無法跟外人解釋，只能說這是很超現實，或是這種「非日常」的風景，吸引了我。

很多傳統雖然都有火的儀式，但是台南驅除瘟疫邪神的鹽水蜂炮，就比蒙古族婚禮的拜火儀式（新郎新娘從兩堆旺火之間雙雙穿過，接受火的洗禮，使他們的愛情更加純潔，堅貞不渝）更加讓我感動，仔細想來，不只要有火，還要在夜晚才有感人的力量，比如說夏威夷，如果不是夜間航海，而是白天搭直升機去看火山口的岩漿，光是想就只覺得很熱又很貴；京都的大文字，如果是在夏天的中午舉行，可能只會讓我覺得這些人沒事放火燒山很危險吧？

火在夜間，突然就有了妖嬈的魅力，難怪會有飛蛾撲火，這跟我每年到了夏季就撲向甜美的芒果跟宇治金時刨冰，大概是同樣的自我毀滅本能吧？

正在這樣想的同時，新聞傳來智利海岸發生8.8級的大地震，比海地的大地震還要強烈八百倍，震動正透過海水傳來，環太平洋的海底火山，常常被稱爲The Ring of Fire（火圈），因此太平洋彼岸的智利發生地震，過幾天台灣也發生6級以上的地震，沒有科學家能說彼此之間沒有關聯。

我們剛離開的夏威夷Big Island東岸首當其衝，有著大海嘯的危險，日本也嚴加戒備，很難想像我們的船，正航行在從智利傳來的強烈海流上，卻因爲海的深度，甚至不感覺特別顛簸，看著衛星新聞裡急著疏散的島民，想像著在太平洋底爆發的火山，岩漿噴向海底的岩床，我又感動了。

# 三明治也有世界盃大賽

## 29



這個世界會因爲越來越多西方人選擇在購物中心的美食街吃價格便宜，分量龐大的「僞」中國菜，而讓博大精深的中華料理淪落嗎？

如果越來越多的法國人，午餐從正式坐下來吃正餐配紅酒，改成拿著便利商店買的廉價三明治，一邊吃一邊上網更新facebook，法國料理的美食精髓就會逐漸葬送嗎？

在回答這個問題之前，讓我先告訴你一件事：每年Délifrance這個法國連鎖麵包店，都會舉辦全國的競賽，但是並不是像日本的Iron Chef（料理鐵人）料理冠軍，在電視節目上以全世界最高級的稀有食材，一較廚藝高下，而是比賽誰能做出品質好，營養均衡，又有創意的三明治，在la Coupe de France Délifrance du Sandwich贏得冠軍的法國選手，就可以代表法國參加三明治的世界盃大賽（Délifrance Sandwich World Cup）。

三明治？這有什麼好比的？台灣街頭任何一家美×

美早餐店現煎的黑胡椒豬排煎蛋三明治加豆瓣醬，可能都勝過Délifrance能夠想像出來最豪華的法國長麵包三明治，比如說二〇〇六年的法國冠軍Emmanuelle Bideaux，她的作品叫做「沙丁魚（Le Sardin）」，顧名思義就是以沙丁魚爲主，抹上加入海苔的蛋黃塔塔醬，還有甜椒醬，夾在兩片法國麵包中間，但是我怎麼想，都還是覺得如果麵包換成芝麻燒餅，沙丁魚換成蝦排會比較好吃。

但是這個比賽，跟我一個東方人，喜歡吃怎樣的三明治，沒有太大關係。

就好像我親眼看到有些老外，到中餐館會理直氣壯地把醬油加進廉價的熱茶裡頭，當作飲料喝，他們喜歡怎樣喝中國茶，也不是我能一個箭步衝上去阻止就能怎麼樣的事實。

我坐在隔壁桌，點了清燉豬腦，有頭有殼的白灼蝦，帶皮又帶骨的油雞腿，外加糊糊的絲瓜炒黑木耳，一碗公的豬血湯，恐怕才讓他們困擾，難以下嚥吧？

時代的變化，讓簡便的三明治，取代了講究美食的法國餐，也讓淋滿梅子醬的炸雞柳，成了中國菜的代名詞，如果你問我的意見，我覺得這都沒有什麼好唏噓感嘆的，想必也有人堅持相信健怡可樂不是可樂，旋轉火車壽司不是壽司，罐頭荔枝不算水果，不是鱈魚在動物油裡炸出來的魚柳就不是正港英式fish and chips，不用眞正豬腸膜灌的大腸不能稱做大腸，三合一即溶咖啡不是咖啡，仙草蜜不是仙草，但是我們自以爲的「品味」，往往只是我們十四歲以前所有偏見的總和。

否則便利商店又不是銀行，爲什麼可以繳交水電費跟信用卡帳單？

如果這不夠挑戰的話，在泰國的ＳＦ連鎖電影院看電影，還可以買Nok航空公司（飛鳥航空，泰國一家廉價航空公司）的機票呢！

紅酒為什麼可以配魷魚絲？不是應該配起司跟牛排的嗎？

人造皮的ＬＶ手提包，為什麼可以賣得比真皮的提包貴？

手機為什麼要拿來照相？看電視為什麼不在家裡看？回E-mail為什麼不用電腦？

日本國內線登機證為什麼要傳到手機上？既然叫做「證」，不就是要印出來在一張紙上嗎？

把這些問題想清楚了，知道哪些「不可以」其實只是我們的偏見，再看這個世界其他的問題，好像就容易一些，比如說：

小孩為什麼一定要自己生，不能領養需要父母的孤兒嗎？

寵物為什麼要用買的？流浪動物之家被棄養等著找新主人的小動物，難道還不夠多嗎？

不想生時偏偏懷孕為什麼不能墮胎呢？為什麼全世界那麼多孕婦就只有龍的傳人一定得坐月子？

分手為什麼一定要當面，不能用簡訊？

為什麼一定要吃素才是環保救地球？為什麼老人家的枕頭上一定要放一條毛巾？不能洗枕頭套嗎？這兩者的偏見，又有什麼不同呢？

我們心中有一套規則，不知不覺常常用這套規則，套用在別人身上，別人當然也用他們的規則看待我們，然後就有了老死不相往來的家人，告得你死我活的訴訟，血流成河的種族宗教戰爭，國家分裂不夠就覺得乾脆地球也毀滅好了，因爲世界怎麼可以這樣呢？

很多時候，我們的「不可以」，理由是很薄弱的，這就是爲什麼金凱瑞主演的「Yes Man」電影裡面說，當我們規定自己凡事都得說「可以」的時候，就開啓了一扇充滿力量的大門，因爲「可以」本身，就是改變我們觀看世界角度的巨大力量。

一九八九年起源自義大利的慢食運動（Slow Food Manifesto）剛滿二十歲，就是一種「可以」的力量，因爲吃速食當然也可以，爲什麼非要慢食？因爲慢食，重新定義了食物的政治，也重新定義了環境的品質，創始人Carlo Petrini相信食物除了走上工業化外，還有另外一條路，食物的多樣性直接保存了文化的多樣性，也間接幫助生物多樣性的維持，更別說強調人與自然的直接關係，消費者與農人之間的共生關係，否則會有更多的孩子不知道雞並不是六隻腳的動物，香蕉有皮，或是鳳梨原來不是長在高高的鳳梨樹上。這樣的革命是有格調的、優雅的，而不是流血的、慷慨激昂的，他們沒有跑到路上去砸速食店的玻璃，但是他們請阿嬤們端出手製的義大利麵，排在長桌上請所有人品嘗，這就是YES的力量，就是一種無可替代的品格。

慢食的品格獨特，在於這個社會運動強調的不是苦難，而是一種享受，一種飲食的感官享受，但是不分貧富貴賤，男女老幼，只要把飲食當成一種文化行爲，而不是求生的需要，就能充分享受這份樂趣。

如果講求美食的法國饕客，不因爲吃三明治而減少飲食的趣味，那就沒什麼好悵然，眞正悵然的是，一個人坐在米其林三星餐廳裡，無聊地翻動著面前的食物，不是食不知味，也不是不知如何品嘗，而是過度沉迷於追尋極致的美食，以至於永遠只看到令人失望的珍饈。

到頭來，學習怎麼吃，遠比學習吃什麼，對生命更重要許多。

# 好老師、壞老師

30

每天多愛地球一點點

美國東北部的羅德島州（Rhode Island），有一個叫做Central Falls（中央瀑布）名不見經傳的小城市，最近突然在新聞當中掀起一陣漣漪，原因是這個小城唯一的一所高中，也是全州學生成績最爛的中學，從上到下一共九十三個老師跟校務人員，都將因爲教學績效不佳同時被解僱。

這個貧窮的小城，中等家庭的平均收入只有年薪兩萬兩千美金（折合約台幣七十萬元），但是這個全校有93％學生數學在全州評量當中不及格的學校，每個老師的平均工資，卻高達將近八萬美金（兩百多萬台幣），這也就算了，眞正引發這批炒魷魚的導火線，是當政府教育當局要求老師們多花一些時間關注孩子時，代表這個學校老師的教師工會，竟然要求政府，如果要老師每個禮拜多花七個小時加強學生的課業，每天一個小時的課後輔導，或是陪學生吃午餐，那麼就要多付每個老師每個小時將近九十美金（接近台幣三千元）的加班費，否則免談，政府在忍無可忍之下，只好做出壯士斷腕的決定，把整個學校的老師都辭掉，重新開始。

沒想到會弄巧成拙的教師代表們，當然非常吃驚，紛紛到媒體上去哭訴，說地方政府怎麼可以不經過談判協商，就做出這麼激烈的決定，這樣一來工作沒了該怎麼過活。

教師工會的發言人甚至大言不慚地說，學生的數學成績在過去兩年進步了3%，3%耶！聽起來好像很有績效吧，直到仔細一算，這也就是說，兩年前全州數學評量不及格的學生，高達96%，現在「只有」93%不及格。不聽還好，任誰聽了這話，恐怕都會火冒三丈吧？

老師說，這都是學生的錯，因為這個有八百個學生的公立學校，有高達65%的學生母語是西班牙語，英語是第二語言，英文不好，所以全校有一半的學生，竟然沒有任何一科及格，順利畢業的學生也只有一半，接到辭退通知的老師們，都在電視上強調自己是受害者，自己的教學績效如何良好，在學校教了二、三十年，卻遭到這個才上任三年的督學懲罰，但是如果他們眞的是問心無愧的好老師，被解僱後可以重新申請原有的職位，重組後的學校，按照規定有50%的比例可以是原校的老師，何必擔心自己會不被錄用呢？

當然，各界也有很多不同的聲音，比如說這些外國學生，很多來自臨時工家庭，很多中途輟學回到出生國，來來去去，所以畢業率低也很自然。有人說公立學校，班級人數太多，本來就很難教；也有人說，到了高中，英語的聽讀說寫能力都還那麼糟，其實是小學和國中教育的問題延伸而來；有人說錯在公立學校不能拒收學生，也不能把學生退學，所以就算學生嚴重曠課，學校也沒轍，怎麼能怪老師？也有人怪家長不重視教育，把責任推給老師，就好像小孩滿口蛀牙，不責備家長沒督促孩子早晚刷牙，卻怪牙醫不好一樣，所以首先要家長配合，在家電視不能看超過兩個小時，學生不准帶手機、iPod，或遊戲機上學，改變家長的觀念跟態度，才有可能開始要求老師的教學品質。

但是，也有教育家鼓吹，乾脆趁這次重整的機會，將像這樣教學績效太差的學校公辦民營，因爲根據紐約的經驗，公辦民營的學校（Charter schools）在紐約州，可以把原本最爛的學校，成績跟全紐約最好的學區，落差縮減將近高達90％，甚至有一所學校，在校長的努力下，每年考上大學的錄取率高達100％，這所幾乎全校都是黑人或西班牙裔弱勢族群的學校校長，因此變成CNN電視台的教育顧問。這位顧問就挑著眉毛說：

「如果這些老師認爲他們已經盡力了，就表示他們能力不足，那就讓做得到的人來辦學校，有什麼不對呢？這個道理在競爭激烈的商業社會，本來就是常識，討論孰是孰非根本沒有意義，這次的事件，是給自以爲捧著鐵飯碗的公務人員當頭棒喝，只要沒有競爭力，就必須面對應得的後果。」

這兩面的說法都有道理，就像大部分的現實困境，沒有一個簡單的正確答案，也不是局外人的我可以隨便決定對錯的。

但是回想起我自己的求學歷程，我並沒有到加拿大的魁北克省上昂貴的寄宿學校，也沒有上過森林小學或貴族學校，接受一般台灣的公立學校制度裡的傳統教育，每個班級人數五、六十個人，肯定比美國的公立學校多，老師的薪水，也肯定比這些美國老師少，但我的這些老師，不顧像我這種懶惰學生的哀號，爲了不佔用上課時間，天天要我們提早到學校用早自習時間考試，明明是大熱天，體育課卻要偷偷摸摸門窗鎖起來上數學課，假裝教室裡沒人，晚上還要留下來寫考卷，念參考書，做課後輔導，考壞了，藤條伺候，毫不留情，往往學生老師哭成一團，結果哭完還是老師自己騎摩托車，自掏腰包去買熱包子回來請全班吃，大家邊吃邊哭邊寫考卷邊傳紙條邊笑鬧，簡直就像瘋人院，講台語罰錢，罵髒話也要罰錢，晚上九點十點回家前還要集體跑操場三圈，免得活動量不足，週末也要偷偷補課，就這樣硬是把我們都推成了個樣子，如今這些回憶簡直不可思議（有些甚至不合法），但是茶餘飯後講起來，跟我同一代長大的人跟我的經驗都差不多，無論我們在大城市還是小鎮，無論是明星學區還是夜市口，好像每個人都帶著對不起老師的罪惡感成長，老師永遠給得太多，作爲學生永遠學得太少，只要答不出來的問題，都只好苦笑說：

「畢了業，學過的都還給老師了……」

幾乎沒有人理直氣壯的說：「這個老師從來沒有教……」

無論老師還是學生，畢了業退了休各奔東西，不過是形同陌路的陌生人，多年後回想，老師你們這是何苦呢？

只能說，要不是台灣太多好老師，就是我太幸運，生命中遇到太多感人的好老師。

最近跟小學一年級時的老師全家吃飯，吃完後我們散步在台大校園，早就已經退休多年的老師，講到她五十年前剛開始任教的時候，爲了是否從南部搭火車到新竹去參加唯一的弟弟婚禮而掙扎不已，因爲當時火車很慢，一來一回就要花掉兩天的時間，當時的校長，是個傳統派的教育家，每個新來的老師都被告誡：

「不要以爲錯過一堂課，只是區區一個小時，代課老師只能讓學生自習，學生沒有辦法學習，班上如果五十個學生，那就是浪費了全班整整五十個小時……」

就因爲謹記這句話，我的老師因此沒去參加親弟弟的婚禮。

這在今天看起來，是多麼不可思議的事！

「……現在年輕的老師，就算有一個小時的假，也都非休不可，否則就是損失權益，看到這樣的情形，我也不好說什麼，畢竟時代不同了，我開口一定被認爲老古板……」

我聽了以後，不知道該說什麼，難道我該告訴她，美國羅德島州有一所爛學校的老師，因爲獅子大開口要求加薪不成，集體被辭退嗎？還是根據世界銀行的調查，印度老師的缺席率高達25％，抽查時雖有到校但是沒在教課的老師，又佔了50％，所以老師請假或曠課，比學生遲到早退正常？對於一個眞心喜歡教育跟孩子的老師來說，像羅德島這個高中的事件，他們又會用什麼角度看待？

校園繞完了，我們揮手道別，最終我還是什麼都沒說，只再次證實我的猜測：我實在是個很幸運的傢伙啊！

# 防水的記憶

## 31

每天多愛地球一點點

從小我就是一個粗心大意的孩子，長大以後，就理所當然的變成一個粗心大意的大人。

小時候曾經在中午要吃便當的時候，害全班罰站，因爲要吃飯的時候，找不到便當，我才發現書包不見了，充滿正義感的老師於是叫全班站在走廊罰站，要是偷書包的人不承認，就全班站到餓死（當時老師眞的是這麼說的）。

就算所有人已經在飢腸轆轆中，對那個沒有膽量承認偷褚士瑩書包的同學恨之入骨的時候，我的媽媽突然像天使般從學校走廊光亮的盡頭出現，嘴裡念著：

「兒子啊！你早上出門沒帶書包跟便當，難道你一個早上都沒發現嗎？」

還眞的一點感覺都沒有。

從那天以後，我就記取母親叮嚀我的話：

「兒子啊！你要聽媽媽的話，長大以後你要當什麼都可以，但是請你千萬不要當醫生，因為你一定會把剪刀留在病人的肚子裡的啊！」

就這樣，我逐漸跌跌撞撞長大，成為一個時常丟手機、錢包、相機、護照、信用卡、機票、筆電、腳踏車、帽子、記憶的人。

我最新的戰績，發生在今年美東第一場大風雪，因為我住的濱海社區，垃圾回收日固定是每週二的早上，所以家家戶戶都會在星期一晚上睡覺前把可回收的垃圾放在門口。

星期一是下大雪的日子，當天全美國有幾千班飛機取消，我門口也堆了一尺以上的雪，連海水都結冰了，既然要冒著刺骨寒風出門倒垃圾，當然要順便遛狗，這是我的小犬Rugo生平第一次看雪，所以我就像所有過於熱心的家長，特地帶了相機要幫她拍下這歷史光輝的一刻，因為Rugo是我在春末夏初從台灣領養的流浪狗，她在台灣曾經得到很多人的關愛，所以之前我就已經被百般交代，一定要記得把Rugo戲雪的照片po到部落格上！

隔天上午起床以後，正打算上傳檔案，才發現相機從雪衣口袋裡不翼而飛，可是台灣那邊已經連獸醫跟護士，都充滿期待要看Rugo的照片，我飛奔到門外的海灘，卻發現雪已經比前一夜又多了八吋，我重新走一遍前晚的路線，結果什麼都看不到，兩個小時之後，才終於在垃圾回收箱旁邊，看到我可憐的相機，瑟縮在深雪中，只露出一個小小的金屬角落，一定是我彎腰放下回收垃圾的時候，從口袋裡面滑出來的，我喜出望外，充滿希望地按下on開關，結果……完全沒動靜，三個月前在西班牙剛買的相機死當……（我可以不要寫相機的牌子嗎？）

不幸中的大幸之一是，記憶卡是防水的，所以超幸運，檔案竟然眞的沒事，本來買的時候以爲只是廣告噱頭；大幸之二，相機在信用卡理賠的範圍之內，所以我犯下這麼不可原諒的錯誤，竟然沒有什麼特別嚴重的損失，也只能說自己命眞的不錯啊！（雙掌合十中）。

我回想起二〇〇四年耶誕節南亞海嘯以後，到普吉島當義工參加救災重建，結果在海邊撿到一張被沖上岸的記憶卡，當時我跟夥伴有個衝動，想說要不要把記憶卡放進自己的相機裡面，那就可以看到罹難者最後的記憶，可是後來覺得這樣有點毛骨悚然，所以最後只把記憶卡放在海水沖不到的岩石上，現在想起來，如果當時就有防水的記憶卡，可能還眞的可以爲罹難者的家屬留下一些重要的回憶也說不定。

這個故事告訴大家，以後去危險的地方上山下海要帶防水的相機跟記憶卡，而且要用信用卡買。

但是這樣會不會太負面？嗯，改一下，還是呼籲大家不要去危險的地方好了。

說到糊塗的性格，Rugo到美國後也親眼見識過，話說我要從波士頓開車到魁北克去探親，因爲

Rugo才從台灣來，所以我特別跟時常往返加拿大國境的朋友問到底要帶哪些證件，搞清楚後我們閒聊開來，我這朋友說：

「……可是這麼多年來，我準備的文件從來都沒用到，所以上個月通關的時候，忍不住就問海關人員，『爲什麼從來沒有要求看狗的檢疫證明？』結果你知道海關怎麼說嗎？」

我搖搖頭。

「他說：『根據我這麼多年的經驗，人們會忘記帶護照，但是從來不會忘記帶寵物的證明文件！』」

說完我們兩個不禁哈哈大笑，世界上還眞是有這樣的人啊！

笑聲還停留在耳邊，有一個人帶著一隻狗在加拿大入境處，狗的證件很齊全，可是人卻連護照都沒帶，那個人就是我。

護照夾打開，裡面竟然是空的！

我把這個笑話重新跟海關說了一遍，但是他顯然不覺得好笑。

「先生，就算我現在讓你進加拿大，到時候沒有護照，你怎麼回來呢？」

「海關大人，我不知道，但是我知道如果我現在不進去魁北克去學校把我姊姊的小孩，在他們學校放寒假關門前接回家，我姊姊毫不猶豫地會殺了我。」

海關大人聽到我這樣說，可能想到他自己也有一個這樣嚇人的姊姊，於是就在一張紙上，把我在電腦裡面的資料找出來，抄在紙上，叫我回程的時候，把這張紙給他的同事看。

「但是可能會花上一點時間，要有心理準備。」

結果隔天我接了姪女，回頭又進海關辦公室的時候，正很爲難的要開口：

「嗯……那個……我其實是……」

一個昨天沒見過的海關，竟然立刻就露出笑容說：

「啊！你一定就是昨天帶狗證件沒帶護照的那個人！」

我當場臉紅一直紅到腳趾頭。誰說美國海關沒有人情味呢？

從此，我出門前都會檢查，確定不但有帶護照夾，而且護照也在裡面。

就這樣戰戰兢兢了沒兩三個月，我又在法蘭克福機場出醜了。

從曼谷飛到阿姆斯特丹，我在德國轉機，因爲是進入歐體的第一站，所以手提行李還要再通過一次X光檢查，檢查完後，把筆電放回行李裡，我還很得意的告訴自己：

「褚士瑩，你眞是收納達人！不愧是旅行者！東西重新整理一下，本來快滿到爆的包包，一下子就井然有序了！」

結果到達荷蘭以後，坐在朋友的車上，要去吃飯，一摸口袋——

「咦？錢包呢？」

再摸另一邊口袋——

「手機呢？」

就這樣，我就把兩個錢包，兩支手機，十多張信用卡，六張SIM卡，接下來兩個月航海用的歐元跟美金現鈔，電腦電源線，外接硬碟，還有各種電腦周邊，也就是說隨身行李所有最重要的東西，統統都留在法蘭克福海關X光的輸送帶上了，難怪包包變那麼輕！還收納達人咧！

結果當天的重頭戲，就是跑遍阿姆斯特丹的所有3C賣場，要找到我Acer這款筆電相容的電源線，這種在台灣很容易的事情，在Acer不太多的歐洲，臨時要變出一條變壓器跟電源線，可不是件容易的事啊！

跟我這無辜的朋友借了兩三百歐元，又折騰他開半天的車，終於買到了電源線。

「沒有錢我還活得下去，但是接下來兩個月沒有電腦可以用，所有的專欄都要開天窗，所有工作都得停擺，兩個月不寫作的我難道還能算是個作家嗎？」我這樣告訴自己，安慰自己這就是敬業的代價。

當然，就在終於買到電源線的當天晚上，我一打開手提行李，電源線根本就好好的躺在手提包裡面……

這件事我到現在還不敢跟我這個倒楣的荷蘭朋友說，怕他因此受到太大打擊。

抱著人性本善的天眞信念，來自四個國家十幾張信用卡，竟然就這樣，統統都既沒有止付也沒去取消（其實眞正的原因是太懶了），兩個月後，我又回到法蘭克福機場轉機，到機場的失物招領辦公室去。

「我們要看你的駕照證件，確定是你本人。」長得很像軍人一臉嚴肅的負責人說。

「嗯……在你手上那包東西裡面。」我尷尬的說。

查核無誤以後，他又說：

「保管費十歐元，你沒現金的話可以刷卡。」

我又只好指指他手上的那一大包：「歐元跟信用卡也都在那裡面。」

這負責人一定以爲遇到天兵，一面刷卡前，一面跟我確定：

「你眞的確定這張信用卡可以用嗎？」

「嗯，確定，因爲我想說東西反正在你們這裡，所以根本沒有辦遺失。」

結果我所有的東西都完好如初，現金也沒短少（就算少了我也不知道），信用卡也沒被盜用，全新的Smart Phone智慧手機也在，也沒人趁機大打國際長途，看來，這種道不拾遺的事情，德國是世界上少數可能發生的地方吧？

知道了我的輝煌歷史，自然就不覺得去年聖誕節前夕，在雪中停好車，一下車手機就掉進雪裡再也找不到的故事，有什麼離譜了。

還好手機店還有五分鐘才打烊，原本歡樂慶祝的氣氛，立刻變得超緊張，取消號碼，勉強買一點都不喜歡的新手機，到別家店調貨，新手機開卡，遺失所有聯絡人電話……，以至於那天的聖誕大餐跟耶誕夜發生了什麼，我一點都想不起來。

基本上，丟手機這齣戲碼，已經上演了起碼五、六次。找不到SIM卡要去電信公司重辦的次數，那更是不計其數。

最近垃圾回收，還一時恍神，把全新噪音抵消專用的Bose牌昂貴耳機，從耳朵上拔下來順手跟著舊報紙一起扔出家門，隔天發現已經來不及了。

還有一次家裡遭小偷，要到警察局去報案，錢包竟然掉在警察局門口，結果連要報案都不能證明身分，而且本來只要報一案的，一下子變成兩個案，連警察也搖頭。過兩個禮拜，錢包寄回來了，但是裡面的現金跟有價值的東西當然都已經不翼而飛。

丟錢包不只發生在美國的警察局門口，也發生在曼谷的菜市場裡，還有緬甸的旅館，到處都有我找錢包失敗的蹤跡。

只要對我稍微有點認識的人，都不會奢望我記得什麼生日，紀念日，周年，忌日之類的，就連自己的出生年月日都還會講錯，所以到現在住了二十年的地址，到底是什麼鄰幾里，還是搞不清楚，回家進了電梯，樓層還是會按錯，開車到收費站的時候，會突然找不到控制車窗升降的按鈕。

出國忘記帶外幣，到機場發現沒簽證。

辛辛苦苦累積多年的航空里程，忘記使用而全部作廢。

想要的書忘記早就已經買了，結果上網又買了一本。

書也就算了，喜歡的周刊雜誌竟然不小心陸續訂了三份，又不能退，送人也沒人想看，就這樣每個禮拜統統塞進紙類回收箱。

同樣行程的機票，忘記已經開票了，竟然又買一張完全一樣的，這樣的事，聽說已經發生了至少三次。

出門逛街回家，大包小包的購物袋進門一放，就完全忘記，幾年後才發現在購物袋裡還沒拿出來過的新衣服，竟然累積了四、五十件。

時常忘記吃飯也就算了，我還因爲旅行中忘記喝水，竟然到嚴重脫水的地步。

同樣的眼鏡總是每次都配兩副，因爲總有一副會很快就留在飯店房間的梳妝台上，或是飛機座位前面的口袋。

連續兩年在泰國過年，因爲沒帶鑰匙被鎖在自己家門外，半夜找醉醺醺的鎖匠來把門鎖整個卸下來。住在倫敦的時候，也丟過大門的感應鑰匙，被房東罵到臭頭。用信用卡在高鐵的售票機買票以後，卻忘了拿回信用卡的事情，每年發生至少十次，每次都要隔幾天後接到電話去失物招領處簽收，搞得簡直要神經衰弱，還因此衝動買了阿茲海默症的保險。

我還曾經接了口譯工作，結果到了現場才發現竟然準備錯語言的慘事。

最近在路上遇到一個很眼熟的人，她說怎麼突然就人間蒸發沒連絡，還說我做的柴魚皮蛋豆腐讓她終生難忘（因爲太難吃了），以前我時常邀請她到我家吃飯，聽起來好像的確有這麼回事，但是怎麼樣也想不起來這人是誰，回家以後才問清楚，那是附近一個單親媽媽，連她兩個兒子以前跟我都很熟的，孩子們的爸爸就是多年來送我們家信的郵差，但不知道爲什麼我突然就再也沒提過這個人。

「大概是有一回出國太久，回來就完全忘記有這個朋友的存在了。」我說。

我還眞不是開玩笑的。當我朋友有時還眞倒楣！

有時候看報紙，覺得這個作家寫的文章眞不錯，我也有類似的想法，眞可惜當時沒有寫下來，正在懊惱的時候，才發現作者竟然就是我自己！

寫了一半的小說，忙別的事情過一陣子回來，竟然完全忘記當時要說的故事情節是什麼，只好半永久性的擱置。

這也就算了，忘記文章已經發表在另外一個報刊，或是收錄在另外一本書中，結果還當作新稿子給了出版社，因此造成自己侵犯自己著作權的困擾，這種離奇公案不知道發生過多少次。

如果我從此每天出門前，不用花半小時在找車鑰匙、手機，我的生活品質眞的會因此提高嗎？如果我的記憶也能防水防震，刀槍不入，我會變得比較快樂嗎？

無論如何，小時候因爲我被罰站的同學們，再次跟大家道歉！還有，媽媽，謝謝妳！讓我從小就立下絕不當醫生的願望！

# 參：愛無界

LOVE THE EARTH
A LITTLE MORE EACH DAY

# 多背一公斤

## 32

每天多愛地球一點點

**安豬的話：**

首先介紹一下我的名字：「安」是房子裡頭有女人當家，「豬」呢，以古人的思維來說，房子裡頭有了這種動物，就是一個家了，這種可以安家的動物，古代叫「豕」，現代話就是「豬」囉！

從事公益旅行四海為家的我（我的本名是余志海，也就是：我志在四方的意思），若把一個女人拴在家裡，反而會良心不安，所以我還是「安心做豬」就好唄！我是中國倡議公益旅遊的組織「多背一公斤」的發起人，在這裡和大家分享一下我公益創業的經歷。

「公益創業」是一個新興領域，我是一個實踐者。在網站上，看到許多人都期望聽到我的實踐經歷，所以我把自己這幾年公益創業歷程和總結出來的幾個步驟跟大家分享，希望大家透過我的經驗能更容易了解，怎麼去進行一個公益創業。

公益創業第一步，就是發現一個社會問題，但這個社會問題並不是很隨意的、任意選擇什麼樣的問題都可以，這個社會問題必須和你的個人經歷、經驗和興趣是要緊密聯繫的，這個感覺有點像談戀愛一樣，雖然好女孩很多，但是你喜歡的、你娶的就只是那一個，也就是最適合你的人。回到公益創業上，就是你所做的事情一定是你最喜歡做的，也最擅長去做的，這樣才可能把事情做好。

我所做的公益創業項目，就是跟我自己個人的愛好密切相關。

我非常喜歡旅行，自己經常一個人背著背包到全國各地旅行，從廣西的龍勝，到雲南的德欽、梅里雪山、雲南羅平都有我的足跡。在旅行的過程中，除了能夠看到非常漂亮的風景外，也同時看到當地的教育情況非常落後，很多破爛的校舍，還有當地的小朋友，他們的生活狀況和教育狀況，不是都市人能夠想像的。我在二〇〇七年的時候，在雲南徒步旅行時遇到兩個小女孩，她們很開心也很漂亮，但是她們的腳下卻沒有鞋子可穿。

另一次我在貴州碰到的一個苗族的小女孩，非常漂亮，非常可愛，我在村子住了三天跟她聊了兩天，最後給她拍照的時候，她就拿起一個風箏，擺在自己面前，小女孩長得很漂亮，但是她爲什麼要拿一個風箏遮住自己呢？我猜，是因爲她的衣服非常髒，跟我在一起的那幾天，她都穿同一件衣服，全年也就兩套衣服，一套是冬天的，另外一套就是平時，春、夏、秋穿的服裝。我給她拍照的時候，她不好意思把那件很髒的衣服露出來，於是就把風箏放在前面。還有另一個也是貴州的小女孩，當時她才五歲，還是讀學前班，我在教室的後面拍她，她回過頭來看我，也是非常可愛的一個小女孩，但是細看她的皮膚不是特別好，因爲當地的衛生環境比較糟糕，她手上都長了癬。

就是在這樣的個人經歷中，透過旅行發現，原來在旅途中我所經歷的、所路過的這些鄉村、這些學校、這些小孩子們，他們是非常需要外界的關注和幫助的，這就是我個人所碰到的、我所面對的一個社會問題。

確定社會問題後，下一步就是提出一個創新的解決辦法。

爲什麼要去創新呢？

我很強調創新這一點，因爲對一個創業者來說，不管是商業創業還是公益創業，你的創業要能成立，必須要有一個更好的辦法，能解決你所面對的問題，這個問題可能是新問題，也可能是老問題。創業要解決問題的方法應該不是以前有人用過的方法，因爲以前有人用過的方法已經是舊方法，但顯然既有的方法不能夠處理既存的問題，所以問題還在，又讓我給遇上了。社會上需要找到的新方法，必須是更有效，或者有更低的成本，或者是更有效率，或者是更有效果，所以要有一個創新的方法。當時我想的一個方法就是把公益和旅行結合在一起。

爲什麼叫「多背一公斤」？爲什麼會有這樣的方法呢？

當時我想到，我所看到的這些鄉村，所看到的這些情況，實際上絕對不是個別的情況，不是一所、兩所，不是只有我所走過的這幾個學校，它是廣泛存在的，實際上只要簡單地在網路Google或者是百度上搜索一下，就會發現，現在中國的農村有六千萬的鄉村兒童，這個數量是龐大的，而且大概有三分之一的學校位於貧困地區，這些人群對教育的需求，第一是非常龐大的，第二因爲地域的遼闊，它的分布非常廣泛，如果單憑我們個人的能力，或者是靠我們一個小團隊，實際上是沒有辦法眞正解決問題的，所以當時我就想，是不是可以有一個方法能夠讓社會大眾都參與進來，讓每個人去發揮力量，於是就想到了這樣一個群體：就是所有喜歡旅行的人。

就我個人的經驗，我身邊的朋友，像我這樣的同齡人，包括比我年輕的，像一九八〇後、一九九〇後出生的年輕一代都很喜歡旅行，這個群體是很龐大的。也託了Google和百度之福，這些數據都能搜出來，二〇〇四年當時的數據是每年中國鄉村旅行者的人次超過3億人次，現在是超過5億人次，這個數量是非常龐大的，於是在這兩個數字之間就產生了一種新的解決方法：就是讓這3億人次的旅行者去爲這六千萬的鄉村兒童提供服務，就是所謂的「多背一公斤」，用這種簡單的方式，讓每人在旅行的時候，背上一些圖書或者文具，帶給鄉村的小朋友。這是我最初在二〇〇四年旅行過程中形成的一個最初的想法，就是當時所謂比較新的模式或者說比較新的方法。

接下來的第三步是要盡快開始去行動，去測試自己的方法，然後根據測試的結果不斷地進行調整。我在二〇〇四年的4月份提出多背一公斤的想法，在二〇〇四年的4、5、6、7月份和很多朋友進行了一些交流和討論，這些討論也記錄到了我們的部落格上面。有興趣的人，可以上網查看一下當時是怎麼討論的。之後到了二〇〇四年的8月份到10月份左右，我就開始進行了一些實地的走訪和調研。記得二〇〇四年那時候我正好辭了職，我經常在辭職後、找新工作之前去旅行。二〇〇四年8月份去了廣西和貴州，廣西陽朔、桂林、龍勝然後黔東南一直到凱里這樣一條線路，沿途就和當地一些志願者還有當地一些老師進行交流，我慢慢就發現中國的鄉村教育，一個需求的眞實情況，當時我在城市裡可能考慮得更多的是，當地眞的很貧窮，所以他們需要一些鉛筆、本子這樣一些物資，但是當我跟鄉村的這些老師面對面交流時發現，其實鄉村的同學更需要的是外界的信息和知識，這也是造成教育不平等的一個很重要的根源。

這趟調研回來後，就慢慢地把我們「多背一公斤」的活動從最初的圖書和文具這樣的一個物資的傳遞，把重點變成了一個強調交流的活動，因爲我們覺得對於旅行者一個獨特的、最難得的機會就是你可以到達鄉村，可以和小朋友進行面對面的交流，這是你在城市裡面參與這樣的活動不能做到的。所以就把我們整個流程變成了一個傳遞、交流和分享的過程。

所謂「傳遞」，我們最初的含義和想法就是運送物資；「交流」就是把物資帶到學校的同時也花點時間跟小朋友們進行互動和交流，不管是遊戲還是活動，讓他們了解一些外界的信息和知識；最後一步「分享」就是做完這些活動以後，把所收集到的信息，經驗，數據，還有活動體會，透過網路把它分享出來，讓更多的人知道，這樣的話就有機會得到更多人的認識，也會有更多人去參與到這個活動裡面來，這就是我們透過一個行動，然後不斷的測試調整，慢慢地形成一套比較完善的行動流程，這個行動主要是針對我們個人的行爲者，也就是我們的志願者。

我們走得挺慢的，二〇〇四年提出傳遞、交流、分享，最終的定型是在二〇〇五年的下半年10月、11月左右，用了一年半的時間。再往下，就開始考慮規模化的一個階段，就是如何從個人行動讓它產生一些眞正大的效應，能夠眞正去改善鄉村的教育。在規模化裡面我們會考慮兩點，就是如何做得更廣和更深。

所謂更廣，就是如何去服務更多的學校，讓更多人參與進來，因爲一個人或幾十個人只能服務一所學校和幾所學校，那麼中國像這樣的學校就有40萬所，就需要我們設計出一種方式讓城市的志願者能夠服務更多的學校，並且他們的這種服務可以自我持續，可以自我管理的。

所謂更深，就是反省到，作爲一個旅行者，在整個活動過程中，能帶給鄉村學校的東西是很少很少的，可能就是很少的物資和短時間的交流和互動，那麼有沒有辦法透過這樣的行動可以引發更多的行爲，透過這種渠道和方法建立的信任和獲得的信息，能夠在將來爲學校提供更多、更深的服務。這就是規模化階段需要我們思考、探討的問題。

最近兩三年我們一直在做這個工作，主要分爲三部分：信息、組織、流程。

「信息」指的是我們網站上的學校信息，比如說有一萬所學校，我們能不能把這個信息非常清晰地呈現出來，並且可以方便地讓我們的志願者和用戶自己能夠去編輯，去管理，去搜索，這是第一個我們要解決的問題。現在我們建立的是一個公益社區，它的網址是1kg.org。我們現在總共在做八百多所學校，每個學校都會有同樣的頁面，在學校頁面上會有很基本的、詳細的信息，包括基本信息、交通信息、學校需求，還有如何聯繫的一些信息，旁邊會有地圖，上面會有學校的照片，還有我們一些用戶的參與和分享。透過這些信息的整理，當每個用戶或者志願者要去旅行的時候，就可以很方便地在我們的網站上搜索到要去的一個地方，比如說你要去麗江，可以知道它的周邊有多少學校，這些學校需要什麼東西，它們的距離、位置在哪裡，那麼這樣你就可以自己去安排行程，這就是我們在做的對信息的梳理。

第二個是組織。我覺得這是我們最大的一個挑戰，因爲傳統的基本組織方式是自上而下的，自上而下的好處就是它的管理非常清晰、容易控制，但是它的問題就是會產生大量的管理成本，而且沒有辦法去管理大量的學校、大量的服務群體，也就是說，如果你只有幾十所學校去服務的話，可能用傳統的模式是可以管理的，設置一個總部，然後分部，然後往下一層一層的下設就可以了。但是如果想像一下，當學校的數量達到一千所、一萬所的時候，透過傳統方式管理就會很困難，因爲整個信息流、整個流程都是由最頂端發出的，頂端的人的工作負荷就會很大，最終會超越它的負載能力而導致整個組織的崩潰。所以我們現在採取的是種顛倒的方式，是自下而上的，讓每個人自己去管理學校，我們設立了學校大使這樣一個角色。每個旅行者來到這個學校，他就是這個學校的學校大使，就可以爲這個學校提供服務，一公斤專職團隊則是提供他一些外部資源的支持。這樣一來，管理就成爲他自己的事，而不是「多背一公斤」讓他做的事情。他不需要別人去發什麼指令，像什麼：你今天去學校看看，明天去給學校籌集什麼物資等等，他自己在做他自己想做、樂意的事，學校需要什麼他就可以到學校去做，這就是我們採取的自下而上的組織形式，我們已經推行了大概有半年的時間，效果非常好。

流程主要是讓整個的公益管理變得透明。現在基本的流程是三個步驟，資源的發布、申請和執行反饋，整個流程都是由我們的學校大使共同來完成的，當有資源進入的時候，我們就會在社區裡發布一個活動，發布這樣一個資源的申請，學校的大使他就可以爲自己學校去申請這些資源，並且他可以根據項目的要求，進行反饋，反饋完了之後，我們就可以給他一個評估。這個有點像中國的淘寶網站一樣，一個買家一個賣家，交易成功之後會有一個互相的評分，那麼這個評分完全遵照這個執行者就是大使的信用，執行得好的，他的分數就會越高，將來就會更容易獲得更多的資源，這樣我們就把整個公益的管理和執行交給社區的用戶去做，而我們整個團隊就可以把精力放在社區後台的開發和外部資源的獲取等方面，整個過程中大家各司其職。

我們一再地強調這一點，一公斤的專職團隊絕對不會去做志願者可以做的事情，我們做志願者做不來的事情，我們幫志願者去更好地完成他們的工作。

我們目前的成果從數字來看，網站服務超過八百所學校，接近九百所，每個月會有三、四十個全部是由用戶自發組織的公益活動，所有的活動都可以在我們一公斤的網站上看到，這就是目前的一個成果。

最後一點，是要有耐心。我覺得對公益創業者來說，很多事情只能是自己盡力而爲，但是能不能做成功不是由你個人或者團隊決定的。那麼最重要的一點就是耐心地去等待，特別是在外部的環境上，整個公益創業還在一個起步階段，它還需要一段時間的歷練和發展，那麼公益創業者作爲這個行業的先鋒，實際上會承受更多的壓力。這個時候，再努力也不能保證一定能達到你想達到的結果，所以對於創業者來說，最重要是把心態放平，學會等待，盡量做好自己的事情。

我前不久看了一本書叫做《異類》，得到一個很有趣的結論是：任何一個行業的人想要成功，至少要在這個行業裡投入一萬個小時，不管你是彈鋼琴的還是寫程式的，或是打羽毛球、乒乓球的都一樣。一萬個小時有多長呢？如果每天四個小時訓練的話，那麼一年大概是一千個小時，一萬個小時就是十年，也就是說一個人做任何事情，想做好，就要做好十年的準備，能夠持續做十年也許能成功，但是不做十年，肯定成功不了。

多背一公斤從一開始到現在，也就是五年多一點時間，所以我們還有很長的路要走，所以也可以比較輕鬆看待，因爲路還長，不急著在最近兩年一定要做到多少的成果，NGO是條要慢慢地走的路。

最後我再次強調總結出的「公益創業」五部曲：第一，發現一個新的問題；第二，要提出一個獨特的創新的解決方法；第三，盡快地行動去測試和不斷的調整；第四，考慮規模化的問題；第五，就是要把心態放鬆，要有耐心！

# 用200cc洗滌心靈

## 33

每天多愛地球一點點

這輩子，我爲自己的人生做最正確的兩個選擇，一是縱容自己到世界各地去旅行，二是成爲一個ＮＧＯ工作者。尤其是作爲一個國際ＮＧＯ的田野工作人員這件事，更是讓自己滿意極了！我常常在想，哪天我死了，能得到最光榮的一枚徽章，莫過於被身邊人記得我是個長年致力於ＮＧＯ發展的傢伙。

跟我有同樣想法的傻子還眞不少，雖然ＮＧＯ計畫的工作環境往往辛苦，但是我們卻都無法想像自己去過另外一種人生。因爲，我們每天做的，並非爲了生活不得不做的事，而是爲了這個世界眞心想做的事，對生命的滿足感，輕易取代了犧牲享受的表象。

我的搭檔Connie最近說，回想起她今年暑假帶著清大學生在印尼亞齊（Aceh）中部Takengon服務期間，最難忘的片刻，是每天早晨，端著200ml的水步下高腳屋，穿過整個高腳屋轄下的領域，約需三分鐘，來到長屋的盡頭，通常她都選擇面向對外大門的第二根柱子坐定，然後慢條斯理地，用那200ml的杯水，完成刷牙漱口的儀式。

當地淡水很珍貴，所以Connie只用了平常十分之一的牙膏劑量，以免沖不淨滿口的泡沫。因爲海嘯後漫長的重建，體認到清水的珍貴，刷牙過後還要剩半杯的水量，才足以沾濕擦臉用的手巾，她用的是朋友從Okinawa帶回來，以芭蕉纖維織成輕柔細緻的手帕，才完全地塞進透明的塑膠水杯，吸飽每一滴水後，擰乾，細細地擦遍整個臉。

她專注於每一個刷牙洗臉的動作，不能浪費任何一滴水，怕有閃失，就不能完成只用一杯水的自我期許。

「特意選擇同一個定點，爲的是探視前一天刷牙洗臉的遺跡，爲刷牙洗臉的必須，所不得不使用的資源與污染，每天都徹徹底底地蒸發，無跡可尋，基於物質不滅的道理，我知道那只是我肉眼看不見，並不是眞的完全都沒有造成污染。但是，我想我盡力了。」她說。

她說，這種盡力的發想與實施的過程，完全不是也不需要事先預備，環境本身會產生誘導。她還說，這樣的瑣碎與枝微末節，往往也是旅行途中，不期而遇的自我觀照，以及不得不身在人群中，他人完全可以尊重，於是得以不被驚擾的寧靜片刻。

由於這樣的片刻，Connie說她得以洗滌自我，重新面對往後的每一個漫漫長日。

區區200cc的水，足以洗滌心靈，但是居住在現代城市的一般人，一家四口每天用在洗澡、做飯、飲用、洗衣、洗碗盤的水，就高達三百到四百加侖，每按一次抽水馬桶，就是5加侖的水，5加侖相當於20公升，也就是200cc的整整一百倍，光是抽水馬桶，一個家庭往往每天就會使用掉五百六十公升的清水，佔家用水總量的三分之一到一半之多，但是我們一點都沒有因此而變得更潔淨或更滿足。

我在緬甸鄉間工作的時候，每次如廁完，只有一瓢水可用，先洗完手以後，才將穢物用同一瓢水沖掉，每次我都驚異於一瓢水，竟然就足以將便池沖得如此乾淨，但是在大都市裡，卻有那麼多人每次使用前，使用中，使用後，都一次又一次毫不在乎地按下抽水馬桶，每一次就是20公升，就算新式的省水馬桶，每次一沖也得耗費1.6加侖（6公升），我們比印尼亞齊島上的住民多消耗那麼多的資源，卻並沒有因此更加感恩或珍惜。

感謝NGO工作的環境，不但讓我學會珍惜每一滴資源，也學會看待世界的另一種角度。

**關於Connie（張瓊齡）：**

NGO工作者，對於亞齊的情感，始於二〇〇七年夏天跟韓國NGO The Frontiers團隊，到沒電、手機不通、無法上網的亞齊小島，體會到什麼是與世隔絕。

每次跟她碰面，總會拿到一張新名片，又換個新頭銜，是個必須在NGO領域不斷遊移，才會感到有生機的旅人。

二〇〇九年夏天八八水災後，印尼亞齊貧困的偏鄉Takengon的當地NGO人員，竟然湊了一小包錢，託人帶到台灣，希望能對水災的受災戶表達一點心意，讓她簡直就是要隔空噴淚了。因為在這受到南亞海嘯蹂躪的世界盡頭，他們裡頭有些人，一天只吃一頓飯，連買個便當都要大家湊錢，然後回來分著吃，Connie一摸裝錢的信封，真的是一小包，但是這份情誼很感人，這份得來不易的情誼，是人性光輝的烙印。Connie現任新竹市青草湖社區大學發展協會專案部顧問、國立清華大學國際志工印尼團指導老師，也幫台灣肯納自閉症基金會催生「肯納家園」做代言；她的電子郵箱是：coni923@gmail.com

# 為愛擄了人

## 34

每天多愛地球一點點

以愛爲名，人類犯了多少幾乎不可原諒的過錯。

加勒比海域的小國家海地震災過後不久，爆發來自美國愛達荷州的美國浸信教會（American Baptist Church）十個義工，滿腔熱血進入災區太子港，用不合法的手段把幾十名眞孤兒跟假孤兒（父母貧窮養不起孩子但仍健在），三番兩次試圖載離海地國境，最終的目的可能是找到美國的善心人士家庭，收養這些不幸的孩子，結果被以綁架跟人口販子的名義起訴，一時間國際媒體譁然，有些人覺得這些教會義工動機善良，不該被法律處分；也有持著每個人都應依法辦事的態度來看，沒有人應該在法律之上，用自己的道德判斷來決定什麼才是正義。

這十名美國義工爲首的女負責人勞拉．西爾斯比，在獄中接受西方媒體訪問時宣稱，所有孩子均來自海地一家在地震中坍塌的正規孤兒院，他們只是出於愛心，想幫助這些兒童脫離苦難。可是根據海地警方調查表示，33名被拐的兒童中，有不少人並非孤兒，其中21名來自同一個小山村，事發後暫時安置這些孩子的SOS國際兒童村發言人喬治‧維萊特就曾經對媒體說：

「一個（9歲）女孩邊哭邊說：『我不是孤兒，我的父母還活著。』她原本以爲美國人要帶她去上寄宿學校或參加夏令營。」

另外有一名婦女，在太子港對司法警察總部表示，她的5個孩子都在被拐兒童之列。當地一名牧師曾作爲中間人，勸她說孩子們如果跟美國人走能過上更好的生活，孩子們會受到良好照顧和嚴格教育，甚至能擁有私人游泳池。

我想，無論用什麼觀點來看待這個事件的人，都不會否認這群教會人士愛的動機。不可否認，這份愛，驅使著傳教士從幾百年前，從原住民部落裡擄走孩子，讓他們到教會裡穿上白襯衫，打上領結，學習怎麼從一個「未開化的原始人」，接受宗教的洗禮，學會文明人的語言，接受文明人的宗教，最後得救，從野蠻人變成一個「眞正的人」。這樣的觀點，在當時也沒有人質疑愛的本質，但是如今從我們具備的社會人類學知識回頭看，是相當讓人羞赧的吧？

事發之後，世界各地的基督教會，也有對這事件有所反省的，我就讀到一個教會人士在網路部落格寫道，他認爲這十個美國教會義工沒有經過合法管道取得領養許可，要用愛心來打發程序正義，企圖闖關，是說不通的。海地政府作爲一個獨立自主的主權國家，這國家的法律程序規定就代表正義，也是聖經中上帝給予政府的權力，但這力量太弱，讓貧苦的人民自願無償送出小孩，政府只能被動把關，幾乎沒有救濟能力，但是力量太弱卻不代表就可以被輕視或忽略，否則就是自大。

這種無心的「自大」或「傲慢」，在很多家庭當中也存在。

父母對於子女也常常用一句「我是因爲愛你」或是「我全是爲了你好」，用自己無知的觀點，細細碎碎卻像巫蠱的長針般，插在孩子全身上下，從交朋友，學習才藝，選系選校，選擇婚姻對象，生涯規劃，事業方向，直到孩子的一生，像是被釘在木板上的蝴蝶標本般動彈不得爲止。老實說，愛這個藉口，還眞毀了不少人生。

或許就像我常常掛在嘴邊的口頭禪：「通往地獄的道路，往往是善意的石頭鋪成的。」

受到這事件的影響，海地因爲擔心走失和失去父母的兒童，遭人口販子拐賣或受性侵害，因此暫停批准地震之後遞交的收養海地孤兒申請，不但這樣，很多原本可以在國外受到專業醫療照顧的病童，也因爲這事件突然發生，無法成行，錯失寶貴時機因此失去了生命。這些教會義工在善意援助災民的同時，卻無意間傷害了那麼多無辜的人，可能是他們也始料未及的吧？

看著這則新聞事件不斷進行，我的心思卻圍繞在另外一個方向：幾個世紀以來富裕的國家以行善的美名，從世界各地原住民的部落和貧窮的國家，鼓勵跨國收養孤兒的傳統，到底是對的，還是積非成是的陋習？

正如同幾年前伊朗的巴姆大地震、印度大地震、南亞海嘯的經驗模式，二〇〇八年五月四川汶川地區震災之後，抗震救災工作從救援轉向災後重建的同時，也曾在當地民間掀起一陣孤兒收養熱，從新疆各少數民族的「大媽」、港台演藝圈的藝人，甚至遠在大洋彼岸美國國會的議員，都表示想認養「震災孤兒」，大型企業從娃哈哈，到中國人壽，也都提出收養申請，讓四川孤兒收養熱持續升溫。有趣的是，代表政府部門的四川省民政廳官員，卻直到七月還一再對外表示，孤兒收養還沒有明確的時間表，災區孤兒的社會收養工作短期內不會啓動，最快也要在十月份之後，而且待收養的孤兒從身分確認到收養家庭初步配對，再進入公告，最後完成收養，這個法律程序大概需要一年的時間。

或許會有人覺得自己的一片善心美意受到糟蹋，甚至覺得這就是官僚作風，動作太慢，才會連想立刻認養震災孤兒，都要拖上一兩年的時間，但是當時四川民政部社會福利和社會事務司司長張明亮就公開說：

「如果在孤兒身分沒有確認前，就開展家庭收養，若兒童親生父母或親屬來認領，就有可能產生法律糾紛，還會傷害收養人和被收養兒童的感情。因此，必須先努力為孩子尋找家人，當無人認領確定孤兒身分後，再依法開展收養登記，以保護收養人和被收養兒童的合法權益。」

在當時一片煽情的震災氣氛中，我覺得張司長是少數頭腦清楚的。

雖然這樣的比喻聽起來或許有點怪，但想想，我們如果哪天一時衝動，去逛夜市的時候，經過路邊的流浪動物中心認養攤位，一時心軟簽了切結書，領養了一隻被棄養的大丹犬回家，可是完全沒有考慮到實際狀況（公寓面積太小，社區附近沒有空曠的活動空間，狗吠影響家人鄰居，買不起專用狗食，不了解流浪動物需要的情緒照顧，工作太忙沒有時間陪伴寵物……等等），結果可能對流浪動物更不公平，甚至造成再度被棄養的二度傷害。

萬一基於同樣的衝動，收養一個活生生的孤兒，不堪設想的後果可能更加嚴重。

首先面臨的是交流隔閡的問題。領養家庭，是不是能體會孤兒在這次災難中受到的心靈創傷，跟心理感受上的差異，所帶來的阻礙，甚至雙方的敵意跟對立？如果沒有專業的心理諮商，將使領養家庭和孩子都受到傷害。

然後是適應困難。文化背景、家庭環境、飲食習慣、生活習慣等方面的差異，也可能讓孤兒在收養家庭中難以適應，加上親生父母天生的血緣關係很難被替代，孩子的家庭教育難以順利開展。

另外就是孤兒的心理容易受到傷害。一旦收養家庭出現不和睦或者婚姻破裂，孤兒已經承受的心靈傷害，將更爲嚴重，容易導致心理疾病，對孩子未來人生有極爲負面的影響。

張明亮司長對收養的謹慎態度，我很能贊同，我也很欽佩他還明確表達自己在這個議題上的三個立場：

一、跨省收養不太可能；

二、收養原則是兼顧親屬，災區失去孩子的優先；

三、根據經驗，收養三歲以下的兒童較爲成功，因爲三歲以上的兒童對親生父母已有印象，並有自己的生活習慣和生存環境，很難融入新的家庭。

他特別舉了一個例子：成都市某福利機構，震災後原本臨時安置了十幾個孤兒。當許多人紛紛提出收養時，這些孩子的各方親戚，不顧震後家中安置條件差，爭相將孩子們接走。我想到海地這次震災發生後，也有一個國際NGO組織，就是專門透過各種管道，想辦法找到這些地震孤兒在海地其他地方的親戚，讓這些孩子雖然失去父母，卻能夠在同一個原生家庭的大樹庇蔭下繼續成長，而這個NGO組織，除了幫助孤兒找到親戚，還提供實質的經濟援助，幫這些親戚能負擔得起家裡多出的一張小嘴。

在我看來，如果能在海地當地提供助養，顯然比跨國收養更好。但是我也知道很多人會不同意，認爲無論如何，只要能夠被美國家庭收養，一定比較幸福（顯然很多把自己的孩子送給這十個教會義工的父母，就是這麼想的），但是有沒有人問過這些孩子的意見呢？而助養，也只是許多好方法之一。四川民政局在地震孤兒身分確認後，就有包括領養、家庭收養、家庭寄養、類家庭養育、學校寄宿和集中救助的六種方式安置，按照每個個案的特殊需要來安排。

大陸有一家兒童嬰兒用品的品牌貝因美，震災後捐了超過一千兩百萬人民幣，在中國兒童基金會下成立「貝因美母嬰關愛基金」，計畫用六年的時間進行這個公益扶養計畫。這個扶養計畫以「養育」和「教育」爲基礎，爲0～6歲孤兒提供專業的營養、生活與早教支持。此外還設立扶養諮詢專線，提供扶養家庭專業養育知識諮詢，受助孤兒還可以無條件參加原先只對公司ＶＩＰ客戶開放的課程，讓孤兒透過科學早教的互動遊戲，促進體能、智能和人格的成長。

讓在災難中失去父母的孤兒，除非不得已，不要因爲跨國收養，而失去其他的親人，或是斬斷文化的根，或是太草率送到孤兒院集中安置，失去在正常家庭環境當中成長的寶貴機會，這已經成爲國際ＮＧＯ專業工作者的常識。因此看到還是有那麼多的人，打著愛的旗幟，大搖大擺的傷害弱勢者卻渾然不覺，難免讓我又生氣又難過。

每次像地震這樣的天災，或是戰爭這類的人禍發生以後，國際上一再上演同樣的悲劇，那就是人口販子往往比國際救援人員到更快達現場，海地震災以後，立即也傳出超過十五名海地孤兒，從各醫院人間蒸發的消息，當「好人／壞人」，「善／惡」很明顯時，我們對於對與錯，往往能夠立刻辨認，很容易就知道誰是敵人，誰是朋友，但是當大家公認的好人，以愛爲名做出錯事的時候，對錯的界線似乎就變得模糊不清，這時候，頭腦要清楚，否則就會發生像前一陣在日本的社會事件，有個叫做濱田誠的四十二歲男人，因爲區區五百萬日圓的欠債，萌生死意，想想自己死了留下家人太可憐，竟然把妻子跟兩個小孩先殺了，結果自己太軟弱，下不了手自殺，打電話給警察自首。這個人也是以愛爲藉口，完全沒考慮當事人的幸福和生命尊嚴，爲了愛就自以爲是的奪取三條無辜的性命，任誰聽了都會生氣吧？

別讓愛混淆了判斷力，說來簡單，但是如果眞的這麼容易的話，世界上就不會有那麼多讓人火冒三丈的蠢傢伙了，不是嗎？

最後說到這十個美國教會義工，在被捕的前兩天，他們也嘗試過一次闖關失敗，當時巴士上五十個孩子當中的一個小男孩，事後接受記者訪問，他說震災後，窮得好幾天沒飯吃的父母把他哄騙上車以後，這些美國人給他跟其他小朋友吃糖果，每個小朋友還發給兩個小布偶，結果開到一半，他才知道原來要永久跟家人分開，於是哭鬧著堅持要下車，鬧到不行了，這群美國人只好讓他下車，下車前，竟然還疾言厲色強迫他把兩個小布偶歸還。

我不是法官，無法爲這個案件做最後的判決，也不是律師，沒有資格爲任何一方辯護，但是我只希望，愛不要再成爲傷害的藉口，否則這樣下去，這世界沒人敢好好的去愛了。

# 比公平貿易更好的咖啡

## 35

每天多愛地球一點點

我喜歡喝咖啡，也喜歡公平貿易（Fair Trade）的概念，但當我抱著很大的期望，卻喝到很難喝的咖啡時，不由得陷入兩難，到底我應該爲了喝好喝的咖啡而犧牲農民，還是爲了社會正義犧牲自己的味蕾？

公平交易本身，在歐美國家已經變成一個公益的圖騰，組織本身大力鼓吹消費者盡量購買擁有這個綠色標誌的咖啡，似乎只要選購公平交易咖啡，就是最快速也最容易滿足消費者的方式，但公平交易的咖啡並非沒有盲點，因爲這只是一種交易過程的認證，無法像眞正愛咖啡的烘豆商，做到每批咖啡銷售前都有詳盡的「杯測品質」報告，有時就連生豆品質或栽種處理的詳細資料都沒有，僅設定採購最低價，老實說並無法眞正鼓勵生產高品質咖啡的小農戶，更何況在很多產區，公平交易咖啡，往往還不是單一小農園想加入就可加入的，對於消費者，無法同時滿足又好喝、價錢又合理、同時合乎公理正義的三個面向。

最近我到加拿大極北部的小城Nova Scotia時，朋友知道我喜歡咖啡，便帶我去當地大學旁邊一家他常去的咖啡館，老實說，當我看到門口貼著公平貿易的認證標誌時，外表鎮定其實內心忐忑不安，因爲萬一難喝也不能說出口，否則會被朋友認爲是個鐵石心腸的壞人，對向來快人快語的我來說眞是很痛苦的啊！

結果這杯咖啡意外地順口好喝，因此立刻又點了第二杯。因爲當時下著大雨，店裡沒什麼人，我也因此可以悠閒品嘗，喝完咖啡，雨還沒停，就跟店員聊了起來，我注意到他店裡的咖啡都是從瓜地馬拉進口的，角落的麻布袋上不僅有熟悉的綠色公平交易標誌，另外還有一個「直接交易（Direct Trade）」的標誌，當場這個店員，就熱情的解說了行之有年的公平交易不足的地方，以及直接交易如何能夠更進一步，讓每杯咖啡都更好喝，也更有利於農民。

在所謂「道德咖啡（Ethical Coffee）」的市場，公平交易外，直接交易咖啡也提供了小農加入國際咖啡市場，一條永續、對生態負責任的道路。直接交易，有些類似台灣某些咖啡事業經營者提倡的「直接關係咖啡（Direct Relationship Coffee）」，賣咖啡的農民，將咖啡生豆直接賣給國外的烘豆商，彼此直接建立採購與銷售關係，雙方都知道整個交易的過程，農民提供高品質的咖啡，保證得到高於批發商的市價，甚至比公平貿易規範更優惠的收購價格，農民因此能靠種咖啡安身立命，專心栽種處理出好品質的咖啡，持續改善他們的生活環境來培養教育下一代。

大力鼓吹直接交易的Intelligentsia 咖啡公司綠色採購總監Geoff Watts，曾經在一篇媒體訪問中表示，咖啡產業的中間人，並不盡然是壞的，因爲他們時常扮演杯測跟品質控管的角色，也幫助咖啡豆通過各種複雜的環節到達市面，但缺點是他們並不代表農人的利益，咖啡農在沒有什麼人脈，對國際咖啡市場也不了解，資金也非常有限的情況下，中間商拿著現金，讓農戶幾乎沒有討價還價的條件。無論收購者（collector）開多少收購價格，都得照單全收，讓中間商因此成了咖啡買賣過程最大的得益者，公平貿易雖然保證以比較優惠的價格收購，但也只是提供比掮客高的最低收購價，並不會因爲農家這一季種出可以在市場上高價賣出的咖啡豆，而提高收購價格，直接貿易的烘豆商，卻可以跟著這批豆子在市場上的價值，依比例調高收購價格，農戶跟烘豆商分享利潤的結果，農家透過直接交易賣出一批好品質的豆子，甚至可以比公平交易多出25％之多。

最近因爲被美國最大食品公司集團Kraft收購計畫，而出現在好久不見的報紙頭版的英國巧克力廠商Cadbury（吉百利），從二〇〇九年初開始，公司代表產品Dairy Milk牛奶巧克力棒所使用的可可豆，就已經全部符合永續發展的原則，原因其實很簡單，因爲連續三年以來，全世界可可豆的產量持續創下新低，其中一個很主要的原因，就是批發商只不斷想藉著無止境地壓低原料價格，購買更便宜的可可豆，增加利潤。到了某個程度，農民只好因爲利潤太過微薄，甚至賠錢的可能性太高，乾脆放棄種植，就算老農因爲習慣繼續種植下去，看著上一代被壓榨得喘不過氣來的農家子弟，也很可能因此放棄接手農場，轉業去了。惡性循環的結果是，未來將沒有足夠的可可豆原料，供應給像Cadbury這種以可可爲命脈的公司，與其在十幾二十年後被市場淘汰，還不如從現在開始善待農民，讓契約的農家相信這是值得代代相傳的職業，也直接穩定了未來的供應來源。有人說這是杞人憂天，我卻相信能不爲眼前的利益殺雞取卵，是道德勇氣，也是成功經營者必要的智慧。

直接貿易的咖啡，讓消費者、農民、烘豆商三方共同參與，烘豆商必須靠眞本事，來推銷好咖啡，消費者可以在選擇高品質咖啡的同時，以合理甚至低於公平貿易咖啡的價錢，買到好喝的咖啡，同時也達到公平貿易的訴求，藉著消費的動作眞正達到照顧農民的社會議題，不需要擔心分到農民手上的錢太少，太多的錢流入不知名的中間人手中。

倡議這個理念的一位台灣咖啡烘豆商，曾在網路上寫過一篇文章，鼓吹所謂的直接關係咖啡，應該至少涵蓋優質咖啡、環境保護、社會關懷這三個大區塊，影響的範圍，因此比公平貿易更加深遠，並且一定要把高品質的咖啡列爲最優先項目，而優於公平貿易組織訂定的價錢，對農民來說更爲公平且有誘因。我多年來，對於公平交易的產品，一直有的疑問，在這裡迎刃而解，因爲公平交易代表的是一個較好的交易模式，認證的基準在於交易的方式與過程，並不直接顯示在商品本身的品質上，所以不免喝到雖然標榜公平交易，卻不大好喝的咖啡，讓我有種「好心沒好報」的遺憾，也不得不思索，是否有兩全其美的解決方案。

根據直接關係的理念，如果做對了，可以創造消費者、農民、烘豆商直接關係的三贏局面：首先烘豆商必須建立直接採購管道，爲了建立這個管道，就要具備辨識優質咖啡的能力，必須不厭其煩親臨產區，提供咖啡農詳細的品質意見，作爲提升處理標準或是維護現有高品質的一些實務意見（如果找不到人的話，歡迎找我吧），雙方確定交易後，將咖啡農的資訊，詳細介紹給消費者，讓咖啡農在消費者面前公開曝光，消費者因此可以認識咖啡農，藉著這種透明化的資訊與交易過程，讓好品質的咖啡有合理的好價錢，小農民就能靠好品質的咖啡、有能力來改善生活環境跟種植條件，這就是農民、消費者與烘豆商的三贏。因爲消費者付出的價錢，以同樣品質的咖啡來說，向力行「直接關係」的烘豆商購買，一定比向國際知名連鎖店買還要便宜，而且生豆品質更優，讓消費者不僅買得便宜，還買到更好喝的咖啡。

這個讓咖啡生產農家呈現在消費者面前的方式，在國外已經有了些基礎，像我在加拿大Nova Scotia造訪的咖啡館，供應商就是以芝加哥爲總部的烘豆商Intelligentsia，我在定居的美國東岸波士頓，最常造訪的咖啡館ERC，櫃檯上也會直接把本季供應這批咖啡豆的烘豆商Sonata的網站資訊直接陳列在櫃檯，同時把目前正在使用這批豆子的成分比例產地，都詳細列出來，比如最近的

Sonata四號，就是60％來自巴西的Moreninha Formosa，加上23％哥斯大黎加的Helsar de Zarcero，還有11％肯亞的Kiandu 以及6％衣索比亞的Koke，這樣混合的豆烘焙以後，一份16公克在華氏200°下浸煮26～28秒鐘風味最佳，不但成分、採購過程完全透明，也從沒有聽說因爲失去神秘感，而招致客戶批評或同業競爭。

然而在亞洲，似乎很多烘豆商，不知爲何非把豆子的來源跟成分，當成最高商業機密來看待不可，這種被害妄想背後的動機，只能用匪夷所思來形容。

直接購買、直接測試當季樣品、與咖啡農直接溝通，是建立直接關係咖啡的重要工作，也是讓參與的農民承認的最佳銷售方式。除了好咖啡賣好價錢外，既然烘豆商直接和咖啡農交易，雙方也因此能直接聽到海外消費者的聲音，更容易知道該如何合作，才能供應消費者最想要喝的咖啡。

當然，就像公平交易有其缺點，直接貿易的咖啡也不可能毫無弱點，比如說雖然同樣是標榜直接貿易，但是每一個烘豆商願意付給農家的收購價格，並沒有固定的標準，所以只看到「直接貿易」這幾個字，並不代表農家必然得到最好的價格，因此消費者還要了解烘豆商的理念跟商譽，這點就不像公平貿易的標準這麼一目了然。另外，直接關係採購是一種相對來說成本最高，而且最需要人力的方式，烘豆商必須每年拜訪產區的咖啡農，來了解生產與採收後段處理的情況，因此必須負擔昂貴的時間成本與差旅費用，目前都是眞正愛咖啡的烘豆商，有熱情追求優異品質的生豆，才會願意付出更好價錢給擁有好咖啡的農民，堅持交易透明化，願意將寶貴的農民生產資訊分享給消費者，靠品質、社會正義、對消費者有利的售價三個特色，來博取消費者的青睞與購買行動，只要三者缺一，直接貿易的關係也不會長久。

完美，只是一個遙遠的目標，但在不斷追尋更好的答案過程中，引發的種種環境思考，讓我們更認識自己。抽絲剝繭，追尋好喝而符合道德的咖啡，我們一步一步，逐漸變成自己喜歡的那種人。

# 失去一個偏鄉網路課輔老師之後

## 36





早上起床打開電腦，收到NGO的朋友的一則訊息，放在我們一些兩岸三地的NGO工作者朋友共同討論工作議題的論壇上，內容是這樣的：

http://www.dsg.fju.edu.tw/事由：東華大學偏鄉網路課輔老師陳靜瑩同學98/11/17在執行課輔任務後，遭車禍意外身故。靜瑩的父母皆爲身障人士，家境清寒，值此意外，打擊極爲沉重，亟需各界的協助。相關新聞請參考：http://tw.news.yahoo.com/article/url/d/a/091118/1/1v6x7.html。謹以偏鄉中小學網路課業輔導團隊名義，發起募款行動。號召計畫成員：全國16所大學的偏鄉網路課輔老師一日捐三百元（一次課輔兩小時的收入）。表達計畫夥伴們的相互關懷心意，慰問靜瑩的父母。

接著公布了專款專用的捐款劃撥帳號方式，募款期限，並說明將會如何將募款細目於日誌公布欄公告周知，文末發起人表達誠摯的追思，並呼籲全體課輔教師注意自身安全。這樣的消息讓我立即產生對陳同學一家人深深的同情，畢竟對於任何的不幸和災難，我是很弱的。經過了一天，論壇上產生了一些相關的討論，包括NGO所扮演的角色，也喚起一九八九年前一場車禍的記憶，關於一個研究生被一輛疾駛的聯結車從後追撞，人稱「柯媽媽」的蔡玉瓊喪失了在東海大學企管研究所念書的大兒子柯重宇。但堅強的柯媽媽，將悲痛化爲推動強制汽車責任保險法的力量，努力不懈，八年奮鬥終有成，其中連續六年到立法院靜坐陳情，甚至在中年後重拾塵封多年的書本，希望能一圓就讀研究所的心願，完成愛子的夢想。

但是，我共鳴最深的，是其中一位朋友以這個具體案例，所做進一步的思考。他說，如果我們響應的是捐款的部分（包括轉寄訊息&實際捐款），那麼，我們在這件事情的公益參與，是做到了慈善救助的面向，這是大眾可以參與的層次。如果，進一步協助連結到車禍受難者家屬的NGO或支持團體，則能進一步處理到悲傷治療與心理重建的部分，這或許不是一般人可以涉入，但可以協助做資源轉介的層次。倘若能夠以柯媽媽故事的後續發展爲實例，帶領家屬一關關走過不同的階段後，也爲自己接下來的餘生找到出路，那就會是一個因爲孩子的逝去，但造就父母也走出自己過往生命窠臼的層次。前面兩個階段，比較容易也確信可做到，後面這一個，則還在未定之天。這位朋友接著說，新聞報導把陳同學的父母爲身障以及家境清寒這兩件事情點出來，不管是否刻意，但讀者自然會把這個列爲焦點，而陳同學又因爲從事偏鄉課輔，延遲返家時間而受難，從各種角度來看，都是値得被支持的家庭。「在這裡，想要自我追問的是：在這件事上，做到哪個層次，才是會覺得心安的程度呢？」

「心安」，對於任何一個心地柔軟的人來說，是件多麼重要的事。

但是我們追求心安的同時，是否能清楚辨別驅使我們行動的力量，究竟是「同情心（sympathy）」還是「同理心（empathy）」？

同情心泛指對周遭人、事、物都具有悲天憫人的情感，是人類天性中感情被觸動後的衝動行爲，表現出願意傾全力幫助，或犧牲自己一些財力物力，竭盡所能的去幫助別人，是直覺的，非思考的，非理性的。根據心理學家赫夫曼（Hoffman）的研究，同理心則是理性學習的結果，隨著社會化的過程形成理性，了解他人的情意，設身處地爲他人設想的能力。

很多人看到台灣社會平時的冷漠，以及每次災難或悲劇後的踴躍捐款行動，說台灣缺乏的不是「同情心」，而是「同理心」。

二〇〇五年底的時候，英國出版的《自然》刊出了兩篇論文，分別討論人與黑猩猩的社會行爲，設計了實驗，想要知道黑猩猩是不是有「同理心」。在這之前我們已經知道黑猩猩會合作打獵，互惠是社會關係的重要原則。不過，牠們的合作對象通常是親戚，以及有互惠關係的社群成員，對陌生個體從未施予援手。

簡單來說，實驗是這樣進行的：一隻黑猩猩與另一隻黑猩猩隔著柵欄相對，其中一隻可以操作一個機器。機器上有兩個把手，要是拉動第一個把手，兩隻黑猩猩都能得到同樣的食物；拉動第二個把手，只有拉機器的黑猩猩可以得到食物。結果，拉動機器的黑猩猩似乎並不偏好拉第一個把手，也就是說，並沒有「互惠」的觀念。

人與黑猩猩源自共同的祖先，六百萬年前才開始分別演化，人與黑猩猩的基因組差異很小，最後在形態上卻有很大的差異。雖然人與黑猩猩都生活在類似的社群中，可是所謂的社會生活卻非常不同。表面上都是許多成年男女生活在一起，不同的是人類社會有固定的兩性關係，有複雜的分工、合作，在黑猩猩社會裡卻沒有。

當然，也有一些動物學家持著不同的意見，在進行不同種類的動物是否能夠在鏡子當中認出自己的實驗過程中，他們看到狒狒、猩猩、海豚這些腦容量大的社會型動物，有時候不只是只對近親，偶爾對於遠親，完全的陌生個體，甚至其他生物種，也都會表現出同理心。

無論這個答案是什麼，假設今天不幸的陳同學事件中，幾個情況之一改變：1家境清寒／富裕；2父母身障／健全；3當課輔老師／當家教打工賺錢；4在偏鄉從事義工／在台北市區從事義工；5在學校參與幫助流浪動物的汪汪社／參與國際青年領袖研習營；6事發前剛擔任義工／事發前剛跟朋友在KTV聚會。是否這件不祥事，只要我們改變其中任何一個情節，就會改變我們對整個事件的同情與關注，或是心安的程度？這種態度上的改變，有多少是理性的？多少是情感上的？站在NGO工作者的立場，我們是不是應該要具備能夠辨識我們的同情心和同理心的能力，讓我們無論在個人或組織都能夠冷靜做出「更好」的決定。

後來，我在論壇上發問其他的兩岸三地NGO夥伴，會採取什麼樣的行動？1捐款到指定帳戶；2轉介家屬至能夠得到心理重建的NGO；3參與立法倡議行動，希望無辜車禍受難者能夠減少；4其他（但會採取直接或間接行動）；5情感上支持，但選擇專注手上進行的計畫，暫時不針對這事件採取任何行動。

當然，我相信社會上也一定會有人，在這新聞事件中得到讓人掉下巴的結論，比如說在偏鄉當課輔老師很危險，肇事的少校反映軍中的飲酒文化，好心沒好報，或是台灣人都很有愛心，應該要集體念經迴向等等……雖然表面沒有錯誤，可是卻毫無焦點，無論我們選擇做什麼，或是什麼都不做，就像在路邊遇到乞丐是否應該給錢，雖然我們的情感反應各有不同，這些行動或不行動本身，並沒有所謂的「正確答案」或是「標準答案」，但是可以趁這次事件，知道我們這一群來自不同背景的NGO工作者，是用怎樣的角度如何來考慮「行善」中的理性意涵，引導出各自的答案，卻是一個極爲寶貴的過程。

你呢？又會怎麼做？

# 我在吐瓦魯，等待飛魚

37

每天多愛地球一點點

國合會的志工Ivy說，她第一次看到飛魚是在吐瓦魯的環礁湖。

Ivy說，這一晚很難得台灣人與吐瓦魯人齊聚一堂，一同觀賞曾文珍導演的作品「等待飛魚」。看著這部電影才發覺怎麼台灣的蘭嶼和吐瓦魯有這樣一絲絲的相似，同樣的小島嶼，同樣的與世隔離，也同樣的與世無爭與同樣的美麗。

片中的小飛機緩緩降落在蘭嶼，勾勒出一片碧海藍天，我雖未曾造訪過蘭嶼，但那遠近馳名的飛魚季與達悟族文化卻叫我心生嚮往，還有每一年的野百合花季開滿整個山頭，但是班機取消的電影畫面猛然將我拉回吐瓦魯。吐瓦魯因爲地理位置，交通相當不便，一星期只有兩班飛機由斐濟飛到吐瓦魯，也更不時遇到班機延誤與班機取消這等事，司空見慣之下，這部分竟悄悄與蘭嶼重疊了。

說起來眞是羞赧，我出生在四面環海的寶島台灣，身

1

2

1. 孩子們總在夕陽時，呼朋引伴躍身投入環礁湖，非常自在且享受吐瓦魯人所珍有的海洋。2.五顏六色鮮豔的sulu高掛在豔陽下，為這小島增添了許多熱情的活力。註：sulu為吐瓦魯人穿著的傳統服飾，女生通常穿著顏色較鮮豔的sulu，而男士們通常穿著單一深色的sulu。

爲海的子民卻不會游泳，蘭嶼的孩子不穿泳衣也一樣跳入海中優游自在游泳，享受這天然的游泳池與陽光的親吻，雖然我有泳衣、蛙鏡、水母衣、面鏡、呼吸管等一應俱全的游泳裝備，但是當我在吐瓦魯，見到孩子們在夕陽下，脫光衣服，一躍身投入環礁湖時，我是那麼的驚訝，吐瓦魯大、小朋友每一位都是天生的泳將，一切都是那麼的自然，我倚著夕陽，靜靜地看著這很美的畫面。

片中女主角遺失錢包，問可否使用信用卡付款，蘭嶼人說：「我們這裡不使用信用卡啦，就算沒有錢也活得下去。」上面那一個論點我是深信不疑，因爲吐瓦魯正是如此，從未聽過吐瓦魯有哪一店家接受信用卡付款，我的信用卡在吐瓦魯完全無用武之地，我的信用不是建立在信用卡上面，而是人。常常買東西時，因爲店家沒有零錢找給我，就會告訴我：「那等妳有零錢的時候再過來吧！」在吐瓦魯常常「賒帳」，心裡想著這眞的是存在世界上的國家嗎？在台灣去便利商店買東西，應該不會遇上店員沒有錢找給顧客而讓顧客賒帳的情況吧？但是我更聽說在吐瓦魯的其他外島，眞的過著不使用錢幣的生活，我在心裡想像那是世外桃花源的景象。

船底是鮮豔的紅底，船身嵌滿了神秘的圖騰，我們隨著電影出海捕魚，撒魚網、刺魚，接著載著滿滿的漁獲返回岸上，俐落的刀法將魚剖開洗淨，再吊起來風乾，製成魚乾……吐瓦魯人看到這些電影畫面，忽然現場熱絡了起來，時而討論時而笑著，因爲在吐瓦魯魚類也是重要的食物來源，雖然如此，但是吐瓦魯的海鮮並不似台灣那樣豐饒，因爲捕魚技術沒有往上提升，常見到吐瓦魯人潛入環礁湖中，抬出頭來時，一手抓著剛抓到的魚，大口大口開始吃，一邊咧嘴笑著，我則看那手上的魚還跳動著，我作嘔了一番，相當佩服吐瓦魯人吃生魚的本事，而我至今敬謝不敏。

吐瓦魯人看著似懂非懂的感情戲，我想多半是興趣缺缺，但是場景出現台北一〇一時，坐在我旁邊的吐瓦魯人眼睛閃閃發亮，跟我說：「那是台北一〇一耶，妳有去過嗎？」在場的吐瓦魯人，我想沒有人不知道台北一〇一，台北一〇一是台灣的象徵，深深植入了在場每一個人的心中，包括我。

我第一次看到飛魚是在吐瓦魯的環礁湖，那一天的天氣很好，海水藍到深不見底，我們的船在前進，忽然海面上有物體飛起，一隻、兩隻，定睛一看原來是飛魚呀，一群飛魚在海面上飛行幾十公尺，伴著我們搭的小船，一起前進著，我興奮的拉開嗓門嚷著：「有飛魚！有飛魚！」波光粼粼，飛魚衝出海面，隨即又隱身於海中，於是我又繼續，等待飛魚。

**關於Ivy**

Ivy（李春嬌）是國合會派駐吐瓦魯的長期志工，在吐瓦魯工作、緩慢簡單生活，經由極簡生活充分體會當地生活步調，並經由一部台灣電影：「等待飛魚」，巧妙地串起蘭嶼與吐瓦魯的異同之處，讓大家一同窺探吐瓦魯除了全球暖化不為人知的一面。Ivy的電子信箱是：ivyleeloveuk@gmail.com

# 實現夢想的請舉手

## 38



### 從幾頭乳牛開始

一望無際的草場上，是從英國的澤西島（Jersey Island）到澳洲，才又輾轉到台灣的乳牛，但遊客早就忘了牠們的舶來背景，只知道現在叫做「娟姍牛」，我們從牧場經過有如國外農夫市場的精緻店面，進入窗明几淨的西式餐廳，一人灌了一大杯新鮮得不能再新鮮的牛乳，看著窗外遠方的森林，幾對正在拍攝婚紗的新人，很難想像這個一切以生態爲考量的飛牛牧場，並非一開始就是今天看到的模樣。

故事要從一九七三年回溯起。那是個學校還得發鈣片給小朋友補充鈣質的年代，十七個被當時農委會派到美國維吉尼亞州等五個州的農場去學習酪農業的年輕人，因爲當時台灣嚴重缺乏鮮奶跟奶製品，市場上只有進口奶粉跟保久乳，幾乎沒有所謂的鮮乳，更別說優格或起司，這些在今天台灣人眼中再基本不過的民生必需品。

這群被賦予重任的年輕人兩年後回台灣，嘗試以類似合作農場的方式經營中部青年酪農村，起步非常艱難，又遇到石油危機，一個個撐不下去陸續退股，最後只剩下兩三個人，收購了其他退出者的股份，在原地堅持當養牛人家，成爲今天佔地六十公頃的飛牛牧場。

牧場實際的經營者吳敦瑤，人稱吳董，是當年這十七個年輕小夥子當中的一個，好不容易台灣的酪農業才起步，規模卻又難以跟後來居上的大財團競爭，於是十多年前開始面臨辛苦的轉型，希望從單純的酪農村升級成高價值的觀光農業。

「感覺像在掘井，就只能每天掘啊掘，不知道何時才會出水……」吳董回憶當時的情景。轉機終於在十年前來到。有個汽車露營活動選在飛牛牧場舉辦，意外得到了媒體注意，雖然美其名叫「觀光牧場」，但一開始連面牆壁都沒有，廁所簡陋得嚇壞觀光客，主力商品的鮮奶，也只是用一口大鍋子在所有人面前煮，一勺一勺舀給客人喝，雖然克難，卻也終於讓牧場開始回收，當年的青年酪農，決定把盈利都轉入牧場的投資，慢慢的才有今天的飛牛牧場。

站在牧場回首，觀光農業在台灣已經不知不覺走了非常遠的一段路。

## 養牛從種樹開始

過去這二十年來，吳董帶領著核心團隊，終於走到今天的面貌，聽到我要到飛牛牧場，小學剛畢業的小外甥女尖叫連連，覺得我怎麼那麼幸運，她是個平常對什麼事都嫌無聊的典型都會孩子，平常在台北上學，寒暑假就到美國去住上一兩個月，很少還有引起她羨慕的事物，但飛牛牧場卻是其中少數被她認爲很棒的地方，這讓我對飛牛的魅力更加好奇。

「我只想證明，環境是可以營造的。」

站在農場的制高點，看到遠方常綠跟落葉混搭種植，錯落有致的森林表現出許多景觀上的層次，吳董如數家珍的說從二十年前開始種樹時，就這麼在水土保持局的專家協助下，考慮季節變換的景觀，還有未來的天際線。

養牛卻從種樹開始，因爲吳董從美國回來以後，就已經默默醞釀著比生產牛奶更大的夢想。目前開發的三十公頃左右，處處都有以生態爲前提的用心，像是從改建的土地公廟，「領養」到牧場來栽種的大榕樹，處理過的污水還有生活廢水分段淨化後，流入生態池，成爲飼養鴨和魚的水塘，生態廊道，蝴蝶園區，用傾倒木打碎而成的木屑和樹皮，做成地上透水性的鋪面，再生利用的廢磚，用來保持水土的聖奧古斯丁草，利用上木、中木、下木三種不同高度造林，前後已經種了大大小小幾萬株樹，樹種也確保有誘鳥植物，以及誘蝶植物，遠遠超過了乳牛牧場該做的工作。

「我在學習樹的群落，建立一個有功能，但不見得需要很多硬體建設的自然牧場。」

這個自然牧場雖然成功，但總不可能把所有的人都帶進牧場來，所以過去四、五年來，除了每年參與地球日，配合推廣Slow Food（慢食）跟LOHAS（樂活）的國際生活趨勢，吳董開始帶著團隊走到附近的城南與南和社區去，透過「通霄富麗農村發展協會」成立，期望帶動社區利用廢耕地，當令當地的新鮮食材地產地銷，減低食物里程，恢復早期的農耕方式。

「走進社區，得到社區的尊重，這是我最大的成就感。」吳董說。

好像這樣還不夠，他還有個願望要在當地申請成立社區大學，成爲第一所農民大學，目前由長期以來的老朋友江明樹博士，圳頭窯藝空間的Tony，農民輔導處退休的邱處長，加上吳董的第二代，正在一面念博士班的吳明哲，在社區裡成爲產官學一個有機的改革團隊，做的是眞心想做的事情，而不是規定要做的事，或只是能賺錢的事，因爲這樣，這個故事格外動人。

站在牧場中央，我想沒有人會反對吳董說「環境是可以營造的」這句話。

## 海拔80米的天堂

說到Tony，他也有說不完的故事，早年在泰國製作彩陶，走進了陶藝的世界，後來又到緬甸去闖蕩，繞了世界一大圈之後再回到睽違多年的台灣土地，憑空徒手創造了現在的生態窯場，一個海拔80公尺的天堂。

「現在的我，出門超過30公里才穿鞋。」赤腳的Tony得意的說，很難想像拿著一碗公爌肉飯的他，才剛從加拿大溫哥華準備完二〇一〇年冬季奧運的公共藝術作品回來。

足底緊貼著土地，似乎提醒著要從自己開始喚起對台灣土地的文化記憶，把這些年來在國際上的省思跟感動透過作品，感染到其他人，最近一系列的作品「心窗」，就是透過各種陶土的造型，在作品不同的角落開一扇窗，跟環境產生互動的關係。

「愛環境，就是一種文化自信。」

圳頭窯藝四周的山，捨不得用任何大型機具開發，除了庭園草花之外，沒有外來種的植栽，利用生態型的景觀，將藝術跟地形結合，取代了傳統醜陋的水溝，這些細微的努力，都是對環境深刻的愛。

「誰規定排水一定要做成一條水溝呢？」他帶著世界各地的經驗，回到台灣的土地，挑戰很多傳統的觀念，因爲這種不按牌理出牌，相信有理行遍天下的個性，讓他跟當地水土保持局不打不相識，終於成爲惺惺相惜的好夥伴。

Tony相信，愛環境的人不會過度使用環境，把自然大地變成檳榔跟高冷蔬菜的工場，也不會讓社區的每個人每年從地下水裡「分」到17公斤的化學肥料跟農藥，如果每個人都盡一分作爲地球人的力量，去影響社區，這個世界就會從社區開始，變成一個更好的地方。

Tony很驕傲的展示他的證據：

「這兩年暑假小朋友都會來圳頭窯藝空間捕捉鍬形蟲、獨角仙，但是數量永遠都夠，因爲就算一口氣抓了10隻，只帶走一兩隻最喜歡的，其餘的又放回去……」

雖然燒陶是圳頭窯藝的主業，但是在這裡坐個半天，捏陶，吃頓飯，喝杯咖啡，觀山，看欄杆在地上投影的圖案隨著太陽角度無盡的光影變化，卻會發現最重要的事，是學會打開一扇心窗，跟環境觀照。

從一開始，Tony就知道建設開發，無論說得多麼好聽，都是對環境不可避免的破壞，爲了對環境造成的干擾最小化，整地以前先種樹，一小塊一小塊輪流開發，避免機器的粗暴，有點道家無爲而治的哲學。

Tony對自己作品的態度也頗具禪意。

「我的每一件作品，只要有人願意收藏，沒有不能賣的，有些藝術家捨不得割愛最好的作品，但我寧可世界上多一個喜歡我作品的人。」

這種豁達的態度，或許跟Tony曾在九二一震災中失去大部分的作品有關，當時他決定放下破碎的藝術品，先去救災，待災情稍微平靜以後再回來撿拾，這無數的碎片，如今成爲圳頭窯藝牆上的拼貼，也因震災中，與無數認識與不認識的人生命產生的交集，開始創作「臉譜」系列。

看著Tony正在念大學的兒子，趁放假回家，坐在工作室中一心不亂，與陶藝師傅一起專注地刻劃一片片要給老街作爲門牌的陶磚，陽光從大面的窗戶灑進來，窗外是低海拔的原始森林，對於從年輕就開始在世界闖蕩的Tony來說，跟同爲藝術家的妻子，赤腳走得到的地方都是社區的範圍，而這個社區，就是他們和鍬形蟲共享的天堂。

## 點菜單上最貴的就對了！

有像Tony這樣的朋友爲鄰，吳董有如找到了忘年之交。

「我只有三個原則，一是做對社會有價值的事；二是一定要有品質；三是要有商業上永續經營的條件。我的成功，也只有三個原因，一是我教育程度不高；二是我有國外的經驗，知道自己有多渺小；三是沒錢，賠不起，所以一定要有能夠自給自足的永續模式。」

我接著問吳董，看到飛牛牧場今天的成功，一定有很多人想要投資，是否會動心？

「我根本不知道如何計算這二十年來的成本，要怎麼拿投資人的錢？農民崇尚自然的成長，這精神跟生意人的理念一定不同，我相信大家到這裡來，也希望看到樸拙的農業精神，那我們就這樣繼續下去吧！」

吳董還開玩笑說，雖然觀光農業的生活，不像以前當養牛人家那麼辛苦，但是簡樸的生活習慣已經養成，「我是坐經濟艙的命，坐不慣商務艙！」

雖說如此，出國搭經濟艙，到了當地的餐廳，卻花錢不手軟，必點全店最貴的菜色，配酒單上面最貴的那支紅酒。表面上矛盾，其實其中自有道理。

「唯有點菜單上最貴的，才體驗得到一家餐廳的精髓。」他說，「自己要先學會怎麼玩耍，當好一個遊客，學怎麼吃喝玩樂開心，才曉得什麼叫做服務。」

曾經連續五、六年的時間，每半年到加拿大，租台車就開著到處去旅行，每次一走就是半個月，不看價格，也不在乎錢包裡還有多少，那段時間除了各種農場，還看了很多農場建築的書，就連飛牛牧場的階梯，每一階深度37公分，高度15公分，都是這樣吃喝玩樂學習來的。

「反正錢用完了就回來，沒什麼大不了。」

就是這種氣度，讓一個自稱沒念什麼書的台灣酪農，到全世界體驗最頂級的服務，然後把好東西，帶進通霄的農村社區中，吳董和Tony就像是這五、六百公頃社區農戶的眼睛，帶他們把眼光從身邊，移到外面廣大的世界，告訴農友在法國普羅旺斯，正如何將羅馬時代的古水道恢復成自然的原狀，歐洲全面在真心思考如何修正發展過程中過度開發的錯誤，還原過度人工化的景觀。這些來自外面世界的啓示，對於平時沒有機會去外面世界的本地小農來說，是非常珍貴的。警惕本地的農友們，趁還來得及，不要做錯，延續自然原貌的做法，把無毒，景觀，永續，有機，樂活，社區營造，這些原本遠在天際的華麗字眼，種植到農村社區裡。

「有一年在美國東海岸的新英格蘭區學習農場建築，看景觀，學酪農發展，學製作起司，第一次到Ben & Jerry's冰淇淋工廠的時候，那規模之大讓人倒抽一口冷氣，心想什麼時候我們才能有這一天呢？」

現在每次出國回來，當飛牛牧場的天際線出現在視線中，吳董卻已經能得意地說：

「這裡怎麼看也不輸國外嘛！」

當年披荊斬棘開山，舉步維艱，決定轉型以後，前去日本小岩井學習日式的農業公園，如今覺得飛牛牧場已經做得比日本更好，但是這樣的成功還不夠，前一陣又整裝出發去瑞士取經，在歐洲看到Emmental（愛曼塔）牛奶加工廠如何結合觀光發展獲致成功，鼓舞了他回來後成立健康園區，飛牛牧場，還不斷在成長之中。

除此之外，吳董對兩個兒子的驕傲溢於言表，一個邊養牛邊念中興大學水土保持研究所，另一個邊管理牧場邊在嘉義大學念博士班，兩人都留在身邊，這已經不只是家庭溫暖的支持，而是台灣的農業還有未來的證據，因爲還有年輕一代看得到希望，願意接手。

只有親身體驗過最好的，才知道怎麼提供最好的，我漸漸從吳董的人生哲學裡，看到他們成功的原因。

## 食衣住行統統都是植物

一九七三年那二十個月的時間，吳董當時一行年輕人，每天早上起來要擠一百六十頭牛的奶。

「當年在美國學的，有沒有什麼直到今天還受用？」我很好奇地問。

「當時牧場經理跟我們講的一句話，到今天還受用不盡：Always on the ball……」

永遠要像在球場上的球員，不能在後方觀戰，也不讓眼睛須臾離開球，所以即使飛牛牧場已經相當成功，吳董遇到景觀的問題，還是時常親自跑到圳頭窯藝虛心向年紀小他一大截的Tony請教，也到處體驗通霄福至興臨社區其他商家的服務，也是因為吳董的一句話，我特地去品嘗吳董讚譽有加的「卓也小屋」的早餐。

為了吃到這頓傳說中的夢幻早餐，前一晚就先住進卓也小屋用竹胚打造的圓形穀倉建築，當我深夜坐在池塘邊喝著主人沏的菊花茶，望著昏黃燭光下錯落的樹影，我感覺這裡並沒有許多強調農家風情的民宿那股匠氣，有的卻是很自然流暢的美感，想了很久，找不到原因，只好問主人卓也，他聽了以後大笑：

「那簡單，因為我這裡沒有不應該在這裡出現的東西。」

這才讓我恍然大悟，粗糙的配置觀念，才會冒出一個牛犁，一個石磨，為了農家風情而農家風情，出現造作而毫無用處的東西。

美感原不是農民的專長，跟歐洲或日本相較，台灣的農村景觀普遍不美，很多時候是因爲農民基於有限的想像，從需求的觀點要求當地政府鋪道路，挖水溝，卻不曉得有很多技巧，可以避免景觀跟實用的衝突；廢耕的農地，只是因爲響應產業活化，粗糙地種上利潤高的生薑，再度走上過度開發的惡性循環，卻不知道農村最具行銷價值的，不見得是菜場上賣的產品。

這時候，政府對社區的觀念教育是否成功，就會看出明顯的區別。飛牛牧場從二十多年前跟水土保持局合作種樹時，就把未來幾十年後天際線的景觀納入考慮，除了水土保持的實用目的外，還能把原先有缺陷的景觀，做好遮蔽的效果，六年來，卓銘榜跟在農校教書的太太鄭美淑，接受這樣的理念，在卓也小屋種了好幾千棵樹，把原本荒廢梯田的景觀，恢復成完整的生態面，忍耐頭兩年蚊子超多的生活，堅持不噴一滴殺蟲劑，漸漸的出現吃蚊子的昆蟲，吃蟲的小囓齒動物，吃小動物的蛇，吃蛇的老鷹跟大冠鷲，一樣樣登場，就這樣，許久不見的自然，就被找回來了。

回復老祖宗傳統有機的生活方式，才是農家子弟眞正的精髓，兩夫婦都以學農背景，農家子弟出身的血液爲傲，因爲相信自己就是大地的雕塑家，所以不需要買舊門窗來裝點，也不用擺一台犁車，好像怕人看不出這是個農家。

「我們在這裡種樹，小樹長大了，人自然就會聚集在樹下生活，就會呈現一個完整的聚落，說不定十年後，這條小徑沿著樹就有十家店……」

「生產、生活、生態」農業三生的觀念，簡簡單單就具體描繪出來。

突然，我想起卓也的太太前一晚說，如果一定要說她有什麼信仰的話，農業三生就是她的信仰，當聽到時我不太明白，但是追隨著這樣的信仰，他們夫婦倆在不知道什麼是綠建築的情形下，蓋出可以回歸自然的房子，就是最好的證據。

我也才明白卓也小屋爲什麼四處都充斥門的意象，原來就是要在這裡創造一個聚落，穀倉住房，蔬食料理。

「我們的夢想，就是有一天，卓也小屋之於休閒農業，就像日本豐田之於汽車，是一個有價值的品牌！」

## 在自然中找到自己

清晨的陽光，灑進架高的木屋窗櫺，枕著桌上的藍染桌巾，傳說中豐盛的早餐原來全是素食，來自附近農家地產地銷的當令食蔬，配上自家磨煮的米漿和豆漿。池塘裡的白鵝，也愉快地打著水，藍染工坊的老師，一早就起來，趁學員還沒有來前，開始構思今天的創作。樹下晾著幾件剛染好還濕的唐衫和方巾，隨風搖曳，忽然覺得好像進入一個原以爲早已消失的時代。

吃完飯，我跟著去田裡收割藍染用的大菁，雖然有人會說植物染本身不是什麼稀奇的工藝；生活也不稀奇，可是能把生活過出滋味來的人卻不多。有了染坊，生活自然就圍繞著種藍，彩藍，打藍，建藍，藍染的韻律，藍染成了卓也夫婦跟外界接觸的媒介，就像吳董的娟姍牛，或是Tony的陶藝，得以生生不息。

森林提供一個安靜沉思的環境，夢想創造另外一種農業的模式。工業化以降，農民一直在時代這部大戲裡，扮演著邊陲的苦情角色，但無論是Tony、吳董，還是卓也夫婦，他們都讓現代都市人重新看到農民的自主權，憑藉著對土地的了解，重新回到主流的舞台上。這幾個好鄰居的共同點是，他們都找到了自己跟環境的關係，當大多數都市人在社會上，懷疑自己每天做的事是否眞有價值時，他們卻拍著胸脯說：「我的夢想實現了！」並且清清楚楚知道下半輩子要做喜歡的事，就是休閒農業，共同的夢想是讓每個休閒農場變成一個獨立的品牌，這些集合起來的休閒農戶，就會如科學園區那麼有價值。

但故事的重點不在於製造更多的起司，陶碗或藍染，而是傳遞祖先從農業時代「慢活」珍貴的有機生活方式，讓更多人把領帶拔掉，高跟鞋脫下，也在自然中實現夢想，找到自己的家——即使只是一天也好。

# 如何變出一場公益旅行

## 39

每天多愛地球一點點

### 陽光下的瞎子

我在飛機上看到墨西哥導演Alonso Álvarez Barreda拍攝一個非常短的短片，當場非常喜歡，連看了十多次，場景是晴天的下午，廣場上有個盲人坐在角落乞討，身邊有個紙板，上面寫著：「可憐可憐我吧，我是瞎子。」可是大多數人都視而不見，這時有個衣冠楚楚的年輕人走過，看到這個情形，於是拿起紙板，反過來用他的萬寶龍在背面寫了幾個字，也沒有掏錢，拍拍盲人的肩膀就走了，結果說也奇怪，駐足的人多了起來，生鏽的空罐頭，也很快就裝滿了錢，這時年輕人辦完了事又經過，盲人聽到熟悉的腳步聲，好奇地問他說：

「你在我的紙板上寫了什麼？」

「沒什麼，不過是同樣的意思，只是換個講法。」

最後一個畫面，帶到地上那張紙板，上面寫著：「今天多美麗，而我卻看不到。」

這個短片，本來是巴西一家顧問管理公司的廣告（http://www.youtube.com/watch?v=hSVy9gQgQH4），但是因爲太感人了，二〇〇八年的時候爲了參展坎城影展的最佳短片而重拍，也就是我看到的版本（http://www.youtube.com/watch?v=zyGEEamz7ZM&feature=fvw），我覺得這個短片，彷彿爲一個別人時常問我的問題，提供了很好的註解：

「什麼是公益旅行？」

公益旅行跟慈善活動最大的不同，是公益旅行提供了一個不是用同情心，而是用同理心去看人世間不幸的珍貴角度。

我喜歡公益旅行，因此從過去以來，參加過各式各樣的公益旅行，地點從蒙古沙漠到苗栗的農村，但是作爲ＮＧＯ工作者，多年來卻從來沒有機會自己從頭設計一套心目中理想的公益旅行。

機會終於來了。

自從二〇〇六年開始，設立在美國紐約的國際ＮＧＯ組織，想要落實多年來在國際上進行和平對談的理念，將對話付諸行動，地點選擇無論是種族或社經背景都最爲複雜，即使許多當地人也視爲「化外之地」的緬甸北撣幫弄曼村，向世界證明透過尊重、包容、對話，即使是表面上毫無希望的土地，也能透過社會企業的理念，不靠施捨而自給自足，終於從無到有，逐漸開花結果。我接受委託，進行農場的經營管理，也實現了小時候想要當農夫的夢想。

隨著這個位在緬甸山區的永續農場逐漸上軌道，實現公益旅行的夢想也更加殷切，考慮一陣子，決定開放二〇一〇年八個梯次由我親自帶隊的公益旅行，讓外界有機會首次親自接觸農場的成果，透過與當地農民肢體的勞動，喚醒沉睡的善念，體驗有機生活的豐饒，讓無論是身經百戰的NGO工作者，或是夢想跨出行動的上班族，都能進行一生難得體驗一次的公益旅行。

## 時間及規模

我開始設計時要回答的第一個問題就是「誰要去？」；第二個問題則是「跟誰去？」

從參加旅遊團的經驗，我們都知道如果跟志不同道不合的人一塊旅行，可能是一場災難，因為一個只想著shopping的貴婦，跟想要好好拍照的攝影達人，努力想要省錢的學生，還有行動不便的老爺爺，即使勉強一起湊團成行，每個人的經驗想必都不會太愉快，所以我預計一年內共分成八個梯次進行，兩梯次開放台灣跟中國大陸各一個NGO組織的工作者組團參加。兩梯次開放給願意用有薪假形式，鼓勵員工參加公益旅行取代傳統的員工旅遊的機構。一個梯次開放甄選有海外服務經驗的大學生，希望未來成為公益旅行的種子；一個梯次是藝術跟媒體的工作者，希望藉著他們的感受性，將感動傳播出去；還有兩個梯次開放給來自歐洲的農會以及工會組織爲主的國際代表參加。

每個團體可以爲自己量身訂做旅程，讓這場公益旅行更貼近心靈，所以在農場實作三天爲基礎的基本行程外，可以從幾套自選行程裡面另外搭配組合，可以選擇另外花四天觀光，也可以選擇在農場多工作幾天，或是到一個當地學校去訓練英文老師教學，或是跟小朋友互動交流，因爲自主性高，聽到這個計畫的好感度也大大增加。

每梯次限制8～11個員額，除了每個人都能感覺到小團體的親密性，住旅館或車票方便，主要也是考慮在落後偏遠的地區，交通的變數大，國內線一週才飛一班的小飛機，人多的話恐怕很難通通訂到位子，另外萬一遇到車船故障，山路又無法通行巴士，還可以機動地僱三、四輛吉普車，繼續完成旅程。

## 我們會看到什麼？

到農場三天的工作重點內容，是合力收割0.25英畝面積的檸檬香茅，並提煉成約6～8公升的有機純精油，提煉成果由團員自行分配，將物超所值的高品質純油，帶回台灣自用或分送親友。佔地將近三百英畝（約一百二十一公頃），二○○三年開始整地規劃，二○○六年起正式營運，由留俄農業專家U Mya Lwin帶領當地團隊開發經營至今，由上到下共同學習生態平衡的理念，以永續農業爲原則，營造社區，不使用化學肥料，不噴灑殺蟲劑，不過度開發土地，不過度使用水資源，不使用大型農機具，強調水土保持，自行水力發電，製作有機堆肥，維持生物多樣性，避免外來品種入侵，保持有機的傳統生活方式，以及永續的土地經營。農作物包括有芳香作物（香茅、檸檬香茅、岩蘭草），經濟作物（玉米、黃豆、油菜子、蜜棗、狗仔果、稻米），以及能源作物（ipil-ipil、痲瘋木、巨竹，以及其他柴薪用灌木），過去冒險種植罌粟花等非法作物，或蜜柑等消耗地力水力甚鉅的貧窮佃農，逐漸能夠規劃長期未來，在農場安家落戶，結婚生育，飼養牛雞，經濟上逐漸達到自給自足。黃昏下工後，踢傳統藤球爲樂，讓外來者也不禁羨慕他們自然知足的生活方式。

員工旅遊的都市上班族，體驗到簡樸知足的農村生活。

精油芳療的同好，看到便宜又有機的好產品。

NGO或是農會的工作者，看到自然農法，直接關係交易，可持續性發展的環保農業，碳中和，社區發展，以工代賑，國際發展的各種元素。

## 行程規劃及費用

針對不同預算及日數設計，我設計三套桃園機場出發來回的基本行程，還有三套自選行程。就像去餐廳一樣，選擇過少，就很難找到喜歡的菜色；但菜色過多的話，又變得難以抉擇，所以希望剛剛好就好。

三套主要的基本行程是這樣的：

**基本行程A：6天5夜短日數高價團**

**無觀光行程（限週三出發）團費約四萬元**

Day1：

台北—仰光CI直飛班機，市區自由行動，夜宿仰光香格里拉飯店

Day2：

仰光—臘戍Air Bagan直飛班機

3PM前往農場接受工作簡報，了解農場整體運作（約三小時）

晚上回臘戍用餐並夜宿現代設備旅館，以下同。

Day3：農場工作第一日

第一組上午：收割檸檬香茅

第二組上午：清洗蒸餾鍋爐，砍柴薪

第一組下午：檸檬香茅搬入蒸餾鍋爐

第二組下午：收割檸檬香茅

Day4：農場工作第二日

8AM生火，開始蒸餾工作

11AM開始收集精油裝罐

4PM提煉結束

Day5：臘戌—仰光Air Bagan直飛班機，夜宿仰光香格里拉飯店

Day6：仰光—台北CI直飛班機

**基本行程B：7天6夜短日數高價團**

**無觀光行程（限週六出發）團費約四萬元**

Day1：

台北—仰光CI直飛班機，市區自由行動，夜宿仰光Park Royal Hotel

Day2：

仰光—臘戌Air Bagan直飛班機

3PM前往農場接受工作簡報，了解農場整體運作（約三小時）

晚上回臘戌用餐並夜宿現代設備旅館，以下同。

Day3：農場工作第一日

第一組上午：收割檸檬香茅

第二組上午：清洗蒸餾鍋爐，砍柴薪

第一組下午：檸檬香茅搬入蒸餾鍋爐

第二組下午：收割檸檬香茅

Day4：農場工作第二日

8AM生火，開始蒸餾工作

11AM開始收集精油裝罐

4PM提煉結束

Day5：農場工作第三日

上午：檸檬香茅搬出蒸餾鍋爐

第一組下午：提煉後檸檬香茅製作有機堆肥

第二組下午：清洗蒸餾鍋爐

Day6：臘戍—仰光Air Bagan直飛班機，夜宿仰光Park Royal Hotel

Day7：仰光—台北CI直飛班機

**基本行程C：11天10夜（或10天9夜）中日數低價團**

**無觀光行程（限週三出發）團費約兩萬元**

Day1：Air Asia台北—曼谷，夜宿曼谷一般旅館

Day2：Air Asia曼谷—仰光，夜宿仰光Central Hotel

Day3：搭豪華冷氣巴士仰光—臘戍

Day4：早晨到達臘戍，前往旅館，稍事休息後前往農場接受工作簡報，了解農場整體運作（約三小時）晚上回臘戍用餐並夜宿現代設備旅館，以下同。

Day5：農場工作第一日

第一組上午：收割檸檬香茅

第二組上午：清洗蒸餾鍋爐，砍柴薪

第一組下午：檸檬香茅搬入蒸餾鍋爐

第二組下午：收割檸檬香茅

Day6：農場工作第二日

8AM生火，開始蒸餾工作

11AM開始收集精油裝罐

4PM提煉結束

Day7：農場工作第三日

上午：檸檬香茅搬出蒸餾鍋爐

第一組下午：提煉後檸檬香茅製作有機堆肥

第二組下午：清洗蒸餾鍋爐

Day8：搭豪華冷氣巴士臘戍—仰光

Day9：早晨抵達仰光，直接前往機場搭Air Asia班機前往曼古，夜宿一般旅館（選擇11天10夜行程則在仰光停留一日）

Day10：Air Asia班機曼谷—台北

至於**自選**的三套行程，**則包括：**

自選觀光行程A：額外加4日行程

觀光行程費用約六千元

Day2：

仰光—浦甘（飛機）夜宿浦甘

Day3：

浦甘自由行程（自行車）夜宿浦甘

Day4：

浦甘—（5AM伊洛瓦底江邊港口登船出發）—瓦城

Day5：

瓦城自由行程（自行車）夜宿瓦城

Day6：

瓦城—（8小時汽車滇緬公路）—弄曼農場

3PM前往農場接受工作簡報，了解農場整體運作（約三小時）

晚上前往臘戌用餐並夜宿現代設備旅館，以下行程同A／B／C

自選農場行程B：額外加2日行程

額外農場行程費用約一千元

原定行程農場工作時間由3日延長為5日，完成面積0.5英畝之收割和提煉

自選教學行程C：額外加2日行程

額外農場行程費用約一千五百元

增加2日在臘戍當地小學從事英語教師的培訓，或兒童英語唱遊教學互動，團費中已包含每人一萬緬幣興校捐款。

根據以上的參考行程，團員就可自由針對經費及時間需要調整，基本行程加額外行程則爲總團費，如基本行程C＋自選行程A＋（自選行程C×2）＝19天18夜，總團費二萬九千元，依此類推。

## 公益旅行如何幫助農場實現永續目的？

當然，既然吃喝玩樂背後的重要目的是公益，就要很清楚的規劃出到底能夠帶來什麼樣的正面影響。

每位參與者旅費中有一百美金（約三千二百台幣）直接成爲農場綠色旅遊收入。

來自各國的參與者，讓當地農民和居民了解，外界如何肯定永續農事的價值，參與者也可將在農場所見所聞，帶回台灣。

另外推動「認購一英畝」的活動，參與者每人有事先預購一公畝精油收成的權利，農場收取收割與提煉12工作天的成本費用一百美金（可合購），自行帶回提煉而成的精油，可以自用，或加工成各種芳香產品，甚至分裝分送親友或網拍（可代爲介紹加工廠商），發揮推廣的漣漪效應，也趁機示範了公平貿易、直接關係貿易的精神。

這一年當中的參與者，發揮拋磚引玉的效果，成爲未來長期農場產品的購買者，再度參與或介紹親友參加未來的農場工作假期，尤其是對於公益旅行有興趣的大學生，也可能因此成爲未來的種子，學習如何設計安排一場面面俱到的公益旅行，才不至於因爲我分身乏術，而無法讓更多的人能夠有同樣美好的體驗。

## 團長是關鍵！

在責任的區分上，我發現每一個團，如果能推選出一位意見領袖（團長）作爲窗口，所有的行程細節，都只需要跟一個人商量，自然比七嘴八舌要來得有效率。這個團長除了要整合意見，還要決定團員的機票訂購，簽證的辦理，統一採購護具及工具。以農場的工作來說，每個團員就需要準備棉紗手套、護目鏡，跟割稻刀，還有專門裝精油的專用鋁罐，無論是在五金行或露天之類的網站上團購，三樣買齊了也不到50元，但是如果每個人單獨去買，可能就要幾倍的價格，無法享受團體折扣的好處。

這些條件都準備好了以後，一場公益旅行的雛形就已經很完整了。透過這次的經驗，我也因此學習到NGO工作者的一個新技能，那就是如何舉辦公益旅行，卻不至於太過商業性，也不會把自己累得半死的平衡點。

這是件即使哈佛大學MBA也不會教的事。如果你也想嘗試當團長的話，歡迎揪團，我們一起去旅行！

# 埋一顆夢想的種子

## 40

每天多愛地球一點點

最近去聽了一個企業舉辦的座談會，是Sony公司分享這兩年來，跟五間台灣偏遠地區的小學，也就是所謂的「偏小」，設立「校園環保聯盟」的成果，在場有幾個受到贊助的指標性小學校長跟老師，跟來自好幾個基金會跟教育界的與會人對話交流，我因爲在緬甸的工作，也參與過許多當地偏小的計畫，所以特別好奇在台灣的情形，也就報名參加了。

老實說，在參加活動之前，我並不知道應該抱著怎樣的期待，畢竟小小的台灣，歷年來投入偏鄉關懷的企業與基金會，可說是不計其數。電信業者強調他們在做彌補數位落差的工作，但是實際上許多偏小的硬體資源架設，其實已經建置相當完備，光纖網路直接拉到每個部落，速度恐怕遠遠比我在台北家中使用的陽春型256K的ADSL要快上好幾倍。電腦教室裡也都有許多企業捐助最新型的機器跟薄型的液晶螢幕，甚至比許多科學園區的電腦工程師，每天在實驗室用來做測試的機器來得先進高端。有時覺得眞的需要接受幫助彌補數位落差的，應該是我才對。部落的孩子天天跟著祖父母看民視的連續劇，「娘家」的劇情瞭若指掌，我卻連台電視機都沒有，更別說有線電視了。

對有能力的大企業來說，要貢獻大量的愛心其實很容易，但是要做對一點事情卻很難。比如說我有個愛狗的朋友，告訴我他的友人在高屏大橋底下，收容了五、六百隻從香肉店和街道上挽救回來的流浪犬，可是卻因爲八八風災時關在籠子裡，以至於全部遭到滅頂的命運，就讓我尤其感慨。

當然，很多單位也開始反思，單純的金錢或硬體捐贈，長期來說是否能夠眞正的幫助偏遠地區的孩子。比如Sony於三年前開始進行的「童心協力看台灣——從我的高度拍世界」活動，投入偏鄉的就不只是數位影像器材，除了教導孩子怎麼樣使用數位相機自行記錄生活當中感人的鏡頭，參加一年一度的競賽，提供這些學童一個觀察外在環境以及自己家園的機會，甚至讓優勝者出國到日本去見學，也透過融入教學課程，進而培育偏鄉學童的軟實力。座談會之後，同樣是科技業硬體爲主的華碩基金會代表，就舉起手問在場的國小老師和校長，如果不需要管企業想要給這些全校只有三、五十個學生的偏遠地區小學什麼，而能對企業主動隨意提出，那麼他們最需要的究竟是什麼？

誠實的答案又會是什麼呢？

我永遠忘不了曾經在一次類似的座談會上，無意間聽到一個偏小的校長跟另一位知名企業基金會的執行長在休息時間的談話：

「執行長，是不是可以拜託一下你們基金會，今年不要到我們學校來辦夏令營？」

「爲什麼？」基金會執行長語氣中有明顯的不悅。

「因爲我們的小朋友眞的很辛苦，他們今年夏天已經安排了三個夏令營，一個巴西的舞蹈營，一個從韓國來的音樂營，還有一個大學資訊系的電腦營，每個都是兩個禮拜，他們每天要陪這些大哥哥大姊姊玩，整個暑假都沒有休息，我覺得他們這樣很可憐！」校長表情認眞的說。

那段對話，對於我後來進行各種校園計畫的影響很深，當我們自以爲是別人生命中的英雄或救星的時候，別人其實是犧牲自己的假期，放下手邊的工作，只爲了給我們一個美好的回憶，或是成就我們行善的驕傲，多麼可笑啊！

就在這時候，在原住民部落爲主的南投縣親愛國小服務的葉叢豪組長說：

「如果眞的要做什麼，其實你們什麼都不用帶，就來跟小朋友說故事就好了。」

葉老師說前一陣子學校來了個替代役的阿兵哥，是從加拿大多倫多大學念完書回來當兵的，於是跟小朋友分享很多在國外生活的所見所聞，結果有一天，葉老師看到有個小朋友堆積木，堆了一座高高的塔。

「這是什麼塔？」老師問。

小朋友說：「我在做多倫多大學的塔，以後我要去那裡念書。」

這個回答之所以特別讓人感動，是因爲村裡每個孩子的出身背景都很類似，家長從事的工作也差不多，因此每次寫「我的志願」，不外乎是模板工、果農，要不然就是老師三種，但是一個從外國回來的大哥哥，卻讓他們看到另一種可能。

「如果企業能夠讓不同部門的員工來說他們成長的故事，各自的工作又是做些什麼事，那是最棒的！」葉老師說。

原來，偏鄉孩童所缺乏的是外界的刺激，眞正需要的是有人幫助他們看見外面世界的機會，拓展未來的可能性，埋下夢想的種子。

我立刻想起在中國發起「多背一公斤」運動的創辦人安豬，他時常說就算不多背一公斤的學雜用品，趁旅行的時候捐到偏遠地區的學校也沒關係。

「有時候，只要帶著一顆腦袋去就行了。」

一開始我不是很明白安豬說的，現在回想起來，無非是這個意思。

要做對一點事情眞的很困難。
但是也很簡單。

# 背包教我的事

## 41

每天多愛地球一點點

最近回台灣的時候，不小心接受了一個雜誌的採訪，對於上媒體這種事情，我基本上是能免則免的，但因爲是要跟一個聽說有名的背包部落客一起受訪，不是我一個人，於是想說偶爾合群一點好了，不要讓人家看出我有點孤僻的原形，就硬著頭皮去了。

對於這個叫做943的部落客，因爲沒有長期在台灣生活，老實說從來沒聽過，不過943請妳也不要太難過，我過著家裡連電視機都沒有的生活，也已經很多年了，所以別說是妳，連冒險王是什麼也都不曉得，但是陌生的台灣好男好女943跟克里斯宥勝卻都在同一個月之間說服了我，原來當部落客或冒險王，是個跟阿諾史瓦辛格去上英語正音班同樣有品格的夢想。

「943是什麼意思？」我一劈頭就問了很不上道的問題。

「『就是省』的諧音啊！」

「喔！原來如此！好有趣喔……」其實我心裡想的是：一、「這樣有很像嗎？」二、眞是要死了，剛才一坐下來就先跟雜誌編輯劈哩啪啦說我最討厭那種鼓吹「0元環島」的大學老師，把成本都加諸在善良的社會百姓身上，扭曲年輕人的價值觀云云，結果面前就坐了一個教人不花錢環遊世界的，等一下要怎麼硬ㄠ回來，才不失長輩（阿伯）的風範呢？

但是這樣崎嶇坎坷的開始，並沒有讓我們因此在訪問中唇槍舌戰、針鋒相對，反而讓我格外專心聆聽她的想法，讓我很高興沒有白來這一趟，因爲雖然943以超省的背包客，在媒體中打出名號，但旅行盡量不要花到錢，幸好並不是她唯一關心的事。

「我們有一群背包客的朋友，都自動自發在執行『多背一公斤』，我也是我們網站公益旅行版的版主喔……」

採訪結束時，聽到943私下跟我這樣說，我整個人就像太陽底下的奶油那樣融化了。

因爲流浪是容易的，旅行卻是困難的。

做夢是容易的，讓夢想像鑽石那樣發光卻是困難的。

只挑自己喜歡做的事情是容易的，做好自己喜歡的事情卻是困難的。

活著是容易的，活在夢想裡卻是困難的。

如果只是要活著，人生的確是只要一個背包就夠了，背包裡面的東西，包括夢想在內，裝得進去還不見得就是你的，還要能夠背得動，背得久才算數。

至於被留在背包外面的，果然就是生命中可有可無的東西。就像青年旅館退房後，被背包客遺留下來的那些東西——吃一半的巧克力，一雙堪用的運動鞋，一張皺巴巴的床單，一本精美的旅遊指南，一場沒有實現的旅行。

能夠像打掃背包客離開後的凌亂客房那樣，在雜亂中傾聽自己內心的聲音，還像個旁觀者那樣若無其事檢視自己背包裡的東西，或許是一種病卻也是一種能力。

在「責任」跟「爽」的天平兩端拔河，雖然是成長路上太熟悉的故事，但是像克里斯這樣一個旅行者的成長故事，之所以能讓聽的人起雞皮疙瘩，是因爲在不得不取捨的時候，最後選擇夢想的那個橋段，再加上輻條斷裂後還能哈哈一笑，跨上車重新上路的氣概。但是別忘了依賴對伊森說的狠話：「一個錯誤的決定不會毀了一個人，但是一連串的錯誤決定，就會。」

大部分的背包客，只是暫時的流浪漢。但只有眞正的旅行者，才會在到達目的地之後，意識到自己還沒有出發。

讓我像對著夕陽下身影漸遠的無敵鐵金剛那樣，也對著披上背包客寒酸外衣的旅行者，誠摯的揮手祝福吧！

# 每天多愛
# 地球一點點

這是我在一場高雄的勝利國小活動後，一個小朋友幫我畫的素描，很棒吧！當天的活動叫做「春風講座」，更讚吧！

**LOVE THE EARTH**
**A LITTLE MORE EACH DAY**

# [發現03]
# What a Year！褚士瑩的2010年〈前篇〉

最近在朋友的facebook上面，看到他很慎重的把過去一年旅行、生活的照片跟影片，剪輯成一支七分多鐘的簡報，放在youtube上面讓朋友們觀賞。

我向來不是很熱中拍旅行照或生活照這種事情，因爲覺得就像觀月，最美好的片刻是沒有辦法用畫面或語言捕捉的，與其把心思放在「我要讓別人看到甚麼？」爲什麼不好好的去品嘗那個片刻呢？因爲，我一直相信，不是身在其中的人，對於這些照片跟文字，是沒有甚麼感覺的。

可是沒想到，我自己卻興味盎然的看完了這個不熟的朋友的一年縮影，也重新去想自己先前的假設，說不定世界上，有人眞心想要知道素昧平生的另一個生命的生活足跡？

那麼，我也來描述一下我的二〇一〇年吧！或許因爲這樣，知道原來一個在NGO工作的旅行者，生活並不是像火星人那樣遙遠啊！

**一月初**，延續著聖誕節的氣氛，我在波士頓家鏟雪，幫樓下老公公修電腦的閒暇，也是一年一度到outlet暢貨中心購物的時候，一口氣買足整年需要的四季衣物，鞋帽月曆，眞是適合我這種懶惰又花不下大錢的個性啊！

**一月五日**，從波士頓飛回台北工作，新年新氣象，很高興幾個在不同國家的新計畫，都開始運轉了！

**一月十四日**，飛到曼谷全心準備全緬甸有史以來的第一場公益旅行。

**一月二十日**，第一團公益旅行團的小白老鼠們，前往緬甸北部的農場開始爲期八天的行程，感覺上好像回到學生時代當無牌導遊的日子。

感謝第一批團員的寬宏大量，讓第一團順利結束，有了這次的寶貴經驗，接下來的七個團，一定會更好！

**一月三十日**，因爲今年過農曆年會在海上航行，就利用周末先從曼谷回台灣，先跟親朋好友拜年！

**二月一日**，從台灣回曼谷，準備一整個月的航行。

**二月四日**，從曼谷出發到東京飛往北加州的舊金山，再轉往南加州的聖地牙哥上船，去年沒用完的航空公司升等券，還可以使用，讓漫長的飛行，變得舒適多了，那些眼睛眨都不眨，出手就買頭等艙的大哥大姐們，我來陪你們搭飛機了！

因爲隔天才上船，所以事先到www.priceline.com出價標飯店，含稅$70美金標到聖地牙哥交響樂廳樓上的喜來登飯店套房，眞是讓人心曠神怡啊！

**一月五日**出海，七日到墨西哥的Cabo San Lucas，八日到Loreto，九日到Guaymas，十日到Tapolobampo（每次念這個名字都會笑啊！），十一日到Mazatlan，十二日到Puerto Vallarta，十五日回到聖地牙哥補給，當天出發航向夏威夷。

**二十日**到達夏威夷的Hilo島，久違的陸地！

**二十一日**到Lahaina島，二十二日到Honolulu，我最喜歡的韓國燒肉店還有日本拉麵店都還在，實在是讓人開心。

**二十三日**到Nawiliwili島。

**二十四日**到Kona島，補給足夠後就航向太平洋，二十八日汪洋海上的滿月，實在太美了，船長關掉所有電源跟引擎，讓大家可以在完全的黑暗中，享用美好的滿月之夜。

**三月一日**，船停泊在墨西哥的Ensenada港口，甚麼時候這裡也開了一家星巴克？

**三月二日**，聖地牙哥上岸後，直奔機場，飛往東岸的波士頓，到家已經過半夜了，但是我的狗Rugo還是很興奮的一定要帶我出去散步。

接下來的幾天，我埋頭準備英國綠建築breeam認證的申請跟訓練工作，希望今年能夠把這套歷史悠久的歐洲標準，客製成適合亞洲建築的標準！

**三月九日**，又揹起背包，從美國東岸飛往地球另一端的曼谷。

**三月十一日**，經過三十個小時的飛行，醒來第一件事就是熱到受不了，直奔菜市場的理髮店去剃頭，手上捧著一杯泰式奶茶，曼谷跟波士頓溫差四十多度！

**三月十二日**晚上，飛往台北，爲了要參加隔天中午的高中同學會。

**三月十五日**，回到曼谷，英國和泰國境內有一個大型生質能源的農場計畫，我的工作是成立泰國辦公室，雇用環境工程師來操作這個綠色能源的農場。

**三月二十日**，飛往緬甸，再轉往北方的有機農場，農場的年輕副理心情特別好，因爲自從一年半前女兒出生以後，老婆覺得偏僻的農場生活環境對初生的幼兒太險惡簡陋，就把孩子帶回娘家去了，今年潑水節孩子要滿兩歲，終於答應要去把老婆小孩帶回來團聚，我包了一個紅包給他當路費，裹在一件雨衣裡一起送給他，沒想到隔天這老實的小夥子超緊張的跟農場經理說，我掉了錢，堅持要還我，經過一番說明，他才開開心心的收下。

連續破四十度的高溫，創下幾十年來三月的最高溫紀錄，農民們都很擔心聖嬰現象帶來的大旱，會影響今年的農收，尤其一個專門在雲南採集昂貴Truffle松露的法國朋友，今年完全沒有收成，加上歐元大貶，瞬間蒸發了一整年的營業額，掉了不少頭髮，希望雨季能夠準時到來。

**三月二十九日**，我從曼谷飛往台北，開始四月份在台灣的工作。

**四月**，我跟綠建築相關的工作，大部分都在南台灣，因爲這樣，在台南終於跟兩年前在阿拉斯加的郵輪上認識，但是沒有留下聯絡方式的台南阿嬤重逢（電視跟網路眞是無國界啊！），阿嬤盛裝出席不說，還把所有的兒子，媳婦，孫子全家都帶來了，還特地像歌友會那樣製作了大大支的「褚士瑩！I love you！」大字報列隊歡迎，還有大籃大籃的水果，這大概是二十一世紀最感人的一天！台南阿嬤，玉井的芒果成熟時，我一定還會再回來的！

**四月十一日**，前往韓國首爾，準備以社會企業的形式，在最熱鬧的觀光區明洞附近，開設一家連結屬於台灣的cafe，希望這個從二〇〇七年就開始準備的計畫，能夠一年之內在首爾問世！

同時，加拿大的同事，已經緊鑼密鼓的進行緬甸英語教科書的教師手冊跟教案編寫工作，緬甸當地的同事，也日夜不休的進行翻譯工作，北京的同事，則每天三班制作排版跟美工，能夠完成全緬甸第一套針對當地政府頒定教科書設計的教材，作爲兩年前將伊洛瓦底三角洲夷爲水鄉的納吉斯風災後，重建的重要一步，因爲硬體的重建固然重要，希望教育的重建，或許能夠影響更多需要的人！

**四月十九日**，回到曼谷，紅衫軍的示威地區，已經完全包圍了我住家的生活圈，路上的行人，同情鎭暴警察跟軍人需要在四十度的高溫下穿著全套裝備，紛紛買冷飲，雞精，提神飲料，我還因爲跟一個公開支持紅衫軍的俄國朋友因爲立場不同，展開唇槍舌戰，我眞是幼稚啊！

**四月二十四日**，前往緬甸，爲五月初進行訓練當地英語教育者的TOT訓練，做最後的準備工作！

**五月四日**，TOT訓練營第一天，看到幾個月來大家努力的心血結晶呈現在眼前，緬甸的英語教師終於有了一套雙語的教師手冊，雖然未來幾個月還有很多需要調整的地方，但是已經是很了不起的第一步了！（感動中）

**五月七日**，從緬甸仰光回到泰國曼谷，還是四十三度的高溫，所以忍不住又去菜市場理了頭髮。

**五月十二日**，回到緬甸曼德勒，帶領公益旅行團成員，前往緬北的農場進行公益旅行，有了之前的經驗跟虛心檢討，好像很有進步的樣子，希望累積經驗到年底，會有兩到三套很棒的公益旅行行程！

**五月十七日**，從緬甸回到曼谷機場，發現住家周圍已經變成紅衫軍跟軍方的「戰區」，因爲在封鎖線內，有家歸不得，只好連機場的門都沒出，直接又飛回台北「避難」。

因爲意外的到台北，突然多出幾天空閒的時間，就高高興興的去遠足，搭了貓空纜車，看IMAX的史瑞克第4集，搭了美麗華摩天輪，還吃了熱狗，完全就是過著兒童般的生活。

**五月二十三日**，曼谷恢復平靜的第一天，迫不及待回到曼谷，原本每天二十四小時聽到機關槍聲，手榴彈爆炸，火燒大樓，突然之間回到平靜，雨季也到來了，入夜後一片死寂的城市，只有牛蛙叫聲震耳欲聾。

**五月二十四日**，雖然還有宵禁，但是商店已經陸陸續續開張，我帶著相機，去受到破壞的現場拍照，曼谷一家最老的戲院燒掉了，也燒掉不少回憶，但是看到電影院旁邊賣現煮咖啡的老太太，兩坪不到的小店逃過火劫，像是一片小小的天堂，雖然四周都還有燒輪胎的焦味，消防隊怕悶燒繼續灑水，我們卻都開心極了，於是我成了她重新開張第一天的第一個客人，她堅持只收象徵性的小錢，我隔天因此又買了手工製的法國甜點去探望老太太。

**五月二十五日**，幾個大型購物中心跟觀光飯店也都經過兩個月的折騰，重新開張，就這麼一點一點，曼谷又恢復了活力。

**五月二十六日**，到我最喜歡的小島去度假，二十八日是滿月，佛誕日也是國定假日，連續假期完全訂不到海邊的木屋，只好回曼谷了。

**五月二十九日**，宵禁解除，受紅衫軍事件最嚴重的Silom路段，市政府爲了讓購物的人潮回來，連續三天周末變成行人徒步的露天市場，結果大成功！人山人海，我也在現場跟銀匠買了兩條手工做的項鍊。連日來，我不斷鼓吹網友，可以放心回泰國旅遊了，旅遊局應該要發一張獎狀給我才對。

**五月三十日**，飛往台灣，準備一周在南台灣跟綠建築相關的工作。這回我帶著阿拉斯加郵輪上的外國同事，來給台南阿嬤跟她的親友看！

**六月五日**，飛往曼谷。

**六月七日**，經由日本前往回美國波士頓。我不在家的時候，聽說Rugo都天天跟著我家樓下的房客去資源回收站「上班」，這位從台灣被領養到美國的大小姐，大概從來沒有這麼接近過基層吧！這樣是不是連我家的狗都有做義工？

說到義工，專門送台灣的流浪狗到美國跟加拿大的台灣動物NGO組織TUAPA，需要去多倫多的人帶準備結束流浪生涯的台狗搭飛機，可惜我這次是從舊金山轉機，希望下次有機會輪到我！

**六月十七日**，開車到加拿大魁北克去幫姪女搬家。準備要轉學到美國上高中的她，「關說」要我安插她去緬甸做公益旅行，雖然嘴上說是爲了申請大學比較好看，其實我想她是眞心想做些甚麼，卻說不出口吧？

**六月底**，我又開始整理背包，準備先飛到法蘭克福，然後轉義大利威尼斯，開始一個月的航海，這次是一艘剛剛蓋好要第一次下水的新船NIEUW AMSTERDAM號，處女航要到南歐跟土耳其去！

## 找自己去旅行
定價230元

旅行的過程，就像是吃到一頓傳説中的盛宴，
或許美食並不如想像，但後悔絕對不會有。

## 旅行教我的十一堂課
定價220元

旅行是最容易的實踐的夢想，
旅行也可以是全家人一起成長的方式！

## 元氣地球人
### ——從飛機到公車
定價220元

無論搭乘任何交通工具，到達什麼目的地，
移動，就是一種自由和樂趣！

## 元氣地球人
定價220元

不管年紀有多大？地方有多遠？時間多有限？
只要元氣滿滿，地球角落處處有驚喜，生命充滿好奇，幸福無處不在！

# 跟著元氣地球人褚士瑩一起環遊世界吧！

## 年輕就開始環遊世界

定價250元

年輕人給自己一份最好的人生禮物，
就是用自己的眼睛和雙腳去認識世界！

## 世界離你並不遠
## 褚士瑩給你41個樂活計劃

定價200元

褚士瑩付出源源不絕的感性，
發掘城市生活裡最自然平凡的單純幸福！

## 繞著地球找房子

定價220元

生活在這些「房子」裡，褚士瑩體會了身為地球人的快樂，
而得到這些快樂的方法，其實很單純，也很簡單：
去實現你腦子裡想做的事，就對了……

國家圖書館出版品預行編目資料

每天多愛地球一點點／褚士瑩著.——初版——臺北市：大田，民99.07
面；公分.——（美麗田；119）

ISBN 978-986-179-179-1（平裝）

855　　99009804

美麗田 119

# 每天多愛地球一點點

作者：褚士瑩

出版者：大田出版有限公司
台北市106羅斯福路二段95號4樓之3
E-mail:titan3@ms22.hinet.net
http://www.titan3.com.tw
編輯部專線（02）23696315
傳眞（02）23691275
【如果您對本書或本出版公司有任何意見，歡迎來電】
行政院新聞局版台業字第397號
法律顧問：甘龍強律師

總編輯：莊培園
主編：蔡鳳儀　編輯：蔡曉玲
行銷企劃：蔡雨蓁　網路企劃：陳詩韻
校對：陳佩伶／謝惠鈴
內頁設計／好春設計
承製：知己圖書股份有限公司・(04)23581803
初版：2010年（民99）七月三十日
定價：新台幣 280 元

總經銷：知己圖書股份有限公司
（台北公司）台北市106羅斯福路二段95號4樓之3
電話：(02)23672044・23672047・傳眞：(02)23635741
郵政劃撥：15060393
（台中公司）台中市407工業30路1號
電話：(04)23595819・傳眞：(04)23595493

國際書碼：ISBN 978-986-179-179-1 /CIP:855 / 99009804
Printed in Taiwan

| 廣 | 告 | 回 | 郵 |
|---|---|---|---|
| 北區郵政管理局登記證北台字1764號 | | | |
| 免 | 貼 | 郵 | 票 |

To：大田出版有限公司　編輯部收

地址：台北市 106 羅斯福路二段 95 號 4 樓之 3
電話：(02) 23696315-6　傳真：(02) 23691275
E-mail：titan3@ms22.hinet.net

＊請沿虛線剪下，對摺裝訂寄回，謝謝！

From：地址：

姓名：

# 大田精美小禮物等著你！

只要在回函卡背面留下正確的姓名、E-mail和聯絡地址，
並寄回大田出版社，
你有機會得到大田精美的小禮物！
得獎名單每雙月10日，
將公布於大田出版「編輯病」部落格，
請密切注意！

大田編輯病部落格：http://titan3.pixnet.net/blog/

智　慧　與　美　麗　的　許　諾　之　地

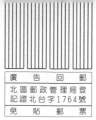

閱讀是享樂的原貌，閱讀是隨時隨地可以展開的精神冒險。

因爲你發現了這本書，所以你閱讀了。我們相信你，肯定有許多想法、感受！

## 讀 者 回 函

你可能是各種年齡、各種職業、各種學校、各種收入的代表，

這些社會身分雖然不重要，但是，我們希望在下一本書中也能找到你。

名字／＿＿＿＿＿＿ 性別／□女 □男 出生／＿＿年＿＿月＿＿日

教育程度／＿＿＿＿＿＿

職業：□ 學生 □ 教師 □ 內勤職員 □ 家庭主婦

□ SOHO族 □ 企業主管 □ 服務業 □ 製造業

□ 醫藥護理 □ 軍警 □ 資訊業 □ 銷售業務

□ 其他＿＿＿＿＿＿

E-mail/＿＿＿＿＿＿ 電話/＿＿＿＿＿＿

聯絡地址:＿＿＿＿＿＿

你如何發現這本書的？ 書名：每天多愛地球一點點

□書店閒逛時＿＿＿書店 □不小心在網路書站看到（哪一家網路書店？）＿＿＿

□朋友的男朋友（女朋友）灑狗血推薦 □大田電子報或網站

□部落格版主推薦＿＿＿＿＿＿

□其他各種可能 ，是編輯沒想到的＿＿＿＿＿＿

你或許常常愛上新的咖啡廣告、新的偶像明星、新的衣服、新的香水……

但是，你怎麼愛上一本新書的？

□我覺得還滿便宜的啦！ □我被內容感動 □我對本書作者的作品有蒐集癖

□我最喜歡有贈品的書 □老實講「貴出版社」的整體包裝還滿合我意的 □以上皆非

□可能還有其他說法，請告訴我們你的說法

＿＿＿＿＿＿

你一定有不同凡響的閱讀嗜好，請告訴我們：

□ 哲學 □ 心理學 □ 宗教 □ 自然生態 □ 流行趨勢 □ 醫療保健

□ 財經企管 □ 史地 □ 傳記 □ 文學 □ 散文 □ 原住民

□ 小說 □ 親子叢書 □ 休閒旅遊 □ 其他＿＿＿＿＿＿

請說出對本書的其他意見：

大田出版有限公司編輯部 感謝您！

＊請沿虛線剪下，對摺裝訂寄回，謝謝！